追尋聖山上的還魂草，竟一萬八千日，
回首蒼海微瀾，眼前平蕪夕陽——
讀周夢蝶詩沈祖棻詞有感

現代文學19

無想

譚婉玉 著

博客思出版社

先你而讀

認識婉玉近十八年，以往在學術界裡對她的認知都滿表面的。譬如說，她非常投入於學術研究，每天喝五六杯以上的黑咖啡，不大睡覺，不大吃東西，看起來瘦小但精力旺盛，每天都在寫論文。她女兒在小時候叫她「paper 媽咪」（論文媽媽）。婉玉對學術研究非常執著，對論文寫作有很高水準的要求，因此得到國際學術界的認可，成為國際學術期刊的審查編輯。

幾個月前在一次好友的晚餐聚會上，婉玉拿她寫的一小冊散文《無想》給我，本以為只是要在週末欣賞一下她的作品，沒想到她要我為她的散文集寫序。我還以為她在開玩笑，因為認識我的朋友都知道我的寫作能力不佳，但婉玉天真地認為我應可以應付自如，我只好盡力而為。我在看完她的散文及插畫，才了解她對人生的思維看法，也反應出一位科學研究學者的另一面。

婉玉的文學知識應該是超過一般科學研究學者，在開卷第一章她便明白的表示，她生存在孤獨中，書寫是與世界溝通的一種方式，看起來她閱讀不少東西，看過的書似乎都留在她腦海裡，並能引經據點的穿梭在她的散文中。或許如同她散文中所描述的，文字的旅行亦是一種救贖，讓乾枯的靈魂找到一點活泉。

婉玉在學術寫作之最後一章，短短幾句就述盡一般的科學研究者在學術寫作中所經歷的淬練與掙扎。寫作能力如此好的她都說學術研究寫作把她徹底侵蝕，可見她對內容所設定的基準是非常高。

婉玉喜歡離群索居的獨處式生活，如日本知名小說家村上春樹的生活哲學，散文中處處可見她喜歡「自閉式」的生活內容。她喜歡待在家裡讀書、寫作、作畫，連「鍛鍊自己的靈魂」的運動，都只在家中的跑步機上奔馳。

在〈對照 1964〉一文中，有關初戀、孔子、求職及報紙等的極短陳述，婉玉都非常直接且寫實地表示對事情的看法。她對花的癡念在〈寂寞荼靡〉一文中表露無遺。櫻花的美麗與飄落的哀愁是渾然一體，但綻放的過程仍可絢爛無比，文中述說古今對生命無常及人生的空寂的看法。花的生命不長，不管有無人欣賞，都要美麗活下去。

對生活城市的變遷，現代豪宅，驚天動地的餐飲，婉玉都沒有好的感覺。據我對她的了解，她最喜歡的城市應該是日本京都。一個到處有枝葉及古色古香的質樸小街，具有人性的城市。過年過節似乎對她是一種夢魘，怪咖的她繼續做研究再穿插看電影看小說，以短暫躲避年節。她對於現代無屆的e世界、大資訊(big data)的趨勢、用雲端儲存個人的資訊做了全紀錄，她對於個人的思維與偏好赤裸的呈現或被呈現在網路上，也表示有些悲哀。

在宅女科學人的精簡辭典中，每個字的解釋都再次顯示出婉玉的個人獨特性，十分有趣，令人莞爾一笑。至於婉玉的新簡約生活主義，當然也在她的懼物症與拒物論做了經典的論述。然而雖沒有將她的薪水上供給時尚設計師，她也品頭論足時尚設計一番，別具風趣。不過她的傑出科學腦子似乎沒有保住她銀行的存款，而被銀行理專玩掉去希臘西班牙和肯亞的旅費。婉玉似乎有用不完的時間，她是古典音樂迷，並能欣賞音樂會中的各種作曲風格。她同時能欣賞美術畫中的細節及各種美感，更令人敬佩的是她還真的能畫畫。

她對居家也花了不少心思，在〈潛舍〉一文中也感覺到她成為小樓主的歡喜。至於她能每天睡不到五小時，而十年才感冒一次，幾乎如超人般的日夜工作，對多病在身，每天一定要睡足八小時的我而言，實在令我羨慕。我常開玩笑地說，她一定有超強的特異能量基因。

婉玉是一位蔬食的存在主義者，但她也非純清教徒，仍喜歡香檳、咖啡、玫瑰及葡萄酒。雖然她對葡萄酒的知識實在令人徹底佩服，什麼葡萄，什麼酒莊製造，哪種特別的味道，她都瞭若指掌，但她的酒量實在是不怎麼樣。有一年在德國柏林參加學術研討會，晚上婉玉提議飯後去喝葡萄酒放鬆一下，幾位好友就找個小酒館，先各來一小杯當地的白酒，然後她就非常高興地閱讀酒館內所供應的各種紅酒瓶上的標籤，就像做學術研究一般的投入去欣賞葡萄酒。但我們才剛要開始好好喝幾杯，她卻說她已經不行了。可見雖然她喝咖啡很行，喝酒就只能用說的了，不過這就是她可愛天真的一面。

散文中她描述到世界各地旅遊的感覺，讓人摸索她在買了一顆天珠之後是否能更接近佛陀的疑問。雖然我也旅遊世界各處，但她在散文中對法國、義大利、美國、中國、日本及尼泊爾的描述，都能讓人看出她思路的複雜及文筆的細膩。

如前所述，本人寫作能力不佳，雖然這篇序只是簡要提及婉玉書中特別令人印象深刻的段落，但就花了我週末一整天的時間來寫，也可謂鞠躬盡瘁了。以我的文筆，實在無法呈現本書豐富多彩的全貌，請讀者務必親自開卷細讀，方能領悟其中神思妙趣，一窺這位傑出科學研究者私人世界的堂奧。

李芳仁（台灣大學研發長暨分子醫學研究所所長）

婉玉的無想

幾個星期前，我收到婉玉寄來的包裹，打開一看是她《無想》的初版稿。她叮囑我為之寫序。我欣然接受。沒想到幾番閱讀《無想》後，我卻遲遲不知如何交差。直覺只有四個字形容她的文章：古、靈、精、怪。

我與婉玉為友至今超過四分之一個世紀。兩人選擇的人生軌道非常不一樣，婉玉現今所擁有的物質與非物質資產，我都沒有。隨著年歲的增長，我倆如同姐妹般的情誼愈來愈濃，我們分享的大小事也愈來愈多。我卻從不知這位好妹妹竟然私底下如此勤於筆耕，直到拜讀她的大作《無想》。婉玉文筆好得令我這搞了大半輩子中外文學的教書匠驚豔、汗顏。

婉玉是位意志堅定、努力不懈、力求完美的科學家。當她變身成作家時，她的堅持、用心與對美的要求，依然不變。她很努力地過日子，每分每秒都認真地活著。我常笑她簡直是個道行高深的苦行僧。我平日疏懶，家中貓狗都不理我。〈米亞〉一文中，她的貓黏她，很可能是因為在學術上，她也是貓，一隻幾乎快被 curiosity 殺掉的貓。閒暇時，我會光腳蹲在後院拔草，很宅。我出入的社交場合多半有青燈古佛，〈禪院盛宴〉卻從沒打動過我。婉玉便不同。她一點都不宅。從她的小品文〈新光三越的化學課〉、〈簽名會〉、〈虛擬菜單〉等篇文章中的機鋒即可見得。禪寺附近人鳥共食的木瓜、仙桃、酪梨、野果野菜，傳統市場裡菜攤上的綠葉紅花，經過婉玉的反思及妙語都變得美麗誘人。我讀了〈專業的時尚定義〉後，想起有一回我們兩人的電話熱線上婉玉說的退休後第二春。原來，她未來的菜攤會是幅 Mondrian 的畫，賣菜的老婦專業又時尚，除了有滿腔的熱情，還非常有品味。

婉玉在〈暫存的序言〉中說《無想》是她人生五十的「成果報告」。

正是「三更有夢書當枕，書香四溢好傳家。」所謂「有夢」，是指她這隻書蠹看書後所寫下的隨筆。所謂「傳家」，是用來表明書香是她「微物」的存在。也正因為如此，才決定了這本書的特色，使它成了一部引人入勝的語文讀物。

《無想》選取了婉玉近三年來部落格上的文章共九十六篇，分為七卷，篇幅長短適中，篇目及分卷勻稱。入選的作品，大都是婉玉的生活點滴，從中可以看出婉玉生命書寫發展的輪廓。所選雖以白話散文為主，但以主題分門別類成七卷，如〈卷二宅女觀點〉、〈卷三宅與宅女〉、〈卷五宅女出門〉等。這就使讀者能較全面地理解婉玉散文的各種體裁特色。其次，有些卷下再細分一二章，對主題加以標註，如〈卷四無慾饕餮之一關於食〉、〈卷四無慾饕餮之二關於飲〉等。這就不至於使讀者不容易選擇，便於入門，在對照、思考中得到趣味。婉玉的分類分卷，在我看來，仍然是很婉玉的，堅持、用心而且挑剔，只因為藝術的美。所以這樣的分卷，除了力求完美之外，還考慮到鍛鍊讀者的閱讀習慣。每篇隨筆的著述行文經常引用報刊、網路文章和坊間暢銷書中經常使用的典故與詞彙，如村上春樹、方文山、張愛玲等為大家所熟悉的文章，或取其中的詞語、章節片段作為對話與類比來運用。試翻本書各篇，幾乎處處發現流行東西文化裡的現代文字、詞組、成語和典故，可見婉玉書讀的不僅多、所涉獵的內容與藝術形式也廣、其聰穎才智當然不在話下。

總之，《無想》的作者不愧是古怪靈巧的小龍女。

是為序。

王明月（國立中正大學外文系教授）

暫存的序言

雖然在許多不經意的時刻腦海中曾浮現出各式各樣不同版本的「序言」，可是那些文字很快的就消散於無形中了，也曾想正襟危坐寫出一個可以千秋萬世的序言，但紙上卻一片空白，草稿不斷更迭，最後只能落得用天地不驚的潦潦數語把書的起源做個交待。

任何事情總是有個開始的，我第一次在電腦裡寫下科學專業以外的文字是多年前在香港轉機至法國的途中，因為無聊的等待，我決心把自己的旅行經歷寫下來，由於不擅中打所以是以英文寫的草稿，多年下來累積了數十篇遊記，直到三年多前設立了一個部落格，才開始用自己最擅長的語言寫些日常的經歷、雜感和讀書心得，同時把自己的旅行文稿撿選一些改寫成中文，總之越寫越有 feeling。

我向來不迷不信，不觀天象不看風水，但卻一直覺得 AB 型雙子座的我有一種與生俱來的人格分裂傾向，在白天我用右手撐起布偶讓它在我專業的舞台上很認真很認命的照著劇本演，甚至往往一上場就演到半夜三更精疲力竭時才下戲，只有在殘餘的時間裡我才能把從誠品搬回家的書從床上廁所讀到跑步機上，我就像赫拉巴爾筆下的漢嘉一樣用閱讀抵抗每日「現實」世界裡的瑣碎，並且在書中展開與自己的對話。即便如此，工作和生活之間的拉鋸曾讓我的身心一度扭曲變形，直到近三四年我開始用左手在紙上塗塗寫寫，暫時切斷腦中所有的學術連結，才讓自己找到另一個出口。我的 AB 我的 twin「互相對望對峙但仍能在各自的歧路上前行」（借用及修改自黎戈的散文《靜默有時、傾訴有時》）。

不知不覺中日子就飛逝過去了，不久前讀到一首詩[1]，詩人為他的五十歲做了一個註解──「往事將安然卸妝，喧嘩將漸漸寂靜」，我很駭然，因為再過月餘我也將要五十了，我也該找些什麼來詮釋我的五十，因此我把自己的旅行筆記和dump在部落格中的雜想撿回來polish一下給自己一個「成果報告」，因此有了這本《無想》，書名出自谷崎潤一郎《陰翳禮讚》中提到的一位日本文學家[2]，他的名中有此二字，真好的名字。

在我的文中不免有拾人牙慧之嫌，因為我在看書時腦中常會立刻出現一些dialog和analogy（對話與類比），於是我就像聽學術演講寫筆記一般趕快抓一張紙記下來，別人的詞彙往往就trigger我的文字旅行，我從自己曾經歷過的看過想過的東西裡去尋找對照。我雖是「半隻」書蠹但絕對不到能寫書評的程度，就像喝咖啡品酒，我只能辨其香醇或略識其品種產地，至於它是否內藏紫羅蘭（violet）或覆盆子（raspberry）的香氣就非我能力所及的了，到底我的功力有多少？可能不及前述散文作者黎戈的千分之一，作者說她不過是寫些「讀書筆記」「懶散小文」，可是在我看來卻是一把刀在古今作家中揮舞的遊刃有餘，相較起來我寫的不過是像小學生為了要得張「小秀才獎」而「看了」五百本書，所以我先招認自己的弱點免得被人撻伐。

除了書以外我也寫了一些五十宅女的觀點，包括衣（時尚與極簡的相對論）、食（飲宴小食）、住（宅內宅外）、行（四眼雙腳的行旅），再加上時間（一些陳年歷史）和網路的無限可能，構成了一個大於四次元面向（dimension）的雜書。這本書寫的既小我又「微物」[3]，對我而言又是件不務正業的事，所以我寫的極為心虛，不過總算在五十歲來臨的前一刻把它完成了，就讓我先按「暫存」鍵告一段落，因為我相信我仍會在腦中不斷的修改，就像修改科學論文一般，有時是一種如夢魘的宿命。

二〇一四年三月六日

1. 田運良的詩〈很多年以後〉
2. 武林無想庵(1880-1962)為日本小說家、翻譯家
3. 語出自周芬伶及張小虹文章

目錄｜無想

卷一 也是書蠹

一隻另類的書蠹違背路不拾遺的原則，
一路從書中網路中撿拾別人掉落的東西。

之一　拾遺與拾趣

關於書寫三章

第一章：我生存是為了書寫

看到平路的文章〈禁書啓示錄〉中一句「書寫成爲我與世界溝通之必要與必需」，想到我宅在辦公室及家中讓書寫佔領了吞噬了95%的我，甚至讓我懷疑我生存僅爲了書寫科學論文，而且有時僅是無義意的書寫，心有不甘。

第二章：看一個小說家的跑步與書寫

我對研究文章寫作的執著，幾乎就和村上春樹所堅持的一樣，「寫出來的東西能不能達到自己所設定的基準比什麼都重要，而且這是無法隨便找藉口的事情……對自己的內心也絲毫無法蒙混。」[1]，村上在長跑中體悟到他「挑戰的目標或對象……應該就是過去的自己」[2]，我在研究中何不是期盼能超越自己，但也和村上一樣不時滋生出跑者的憂鬱 (runner's blue)，那都是因爲「有著努力卻得不到相應回報的失望感」[3]，我想我的憂鬱更爲嚴重。村上也是人，也會出現挫折和倦怠，不過他還能堅持「在每個人個別被賦予的極限中，盡量有效地燃燒自己」[4]。不過我們都是凡人，凡人遲早是要輸的，輸給時間，「雖然我有任務，但時間也有任務，而且時間比我更忠實、更確實地執行他的任務」[5]。至於跑步「我跑，故我在」[6]，在人生真正的長跑後，他期望爲自己的墓誌銘寫下「至少到最後都沒有用走的」[7]。近年來我除了工作以外多半是離群索居的，也像村上一樣幾乎只想轉向「封閉」的生活[8]，他對於想要一個人獨處的願望從未改變過，他期望盡量擁有屬於自己的安靜時光[9]。他自願追求孤獨隱世而規律的生活[10]，而且寧願守著書桌，一個人寫文章[11]。他認爲「我們不必爲別人生活，因爲我們本來就無法討好每個人」[12]，我們應該「尋求自己生活的優先順序……否則人生會缺乏焦點」[13]，我想這並非高傲的孤僻，而是真實的回歸自我。我也期望有一日能和梭羅 (Henry Thoreau) 一般在 Walden 湖畔過著遺世般的生活，或是和 Emily Dickinson 在 Amherst 一樣足不出戶的隱居，隨著她「選擇了孤獨的方式……因爲孤獨是建立徹底自我完整性時的一種狀態與必要」[14]。

第三章：關於學術寫作之一章

專職於學術研究幾乎是一種混合了「自戀、自虐、自閉」情結與傾向的工作，甚至常有種「偏執狂」，終至離群索居大隱於世[15]。研究科學又更陷人於一個與現實完全隔離的世界，眼前僅有非外人能瞭解的數據和圖像，在論文寫作中每一字句需有憑有據，在獲得這些「憑據」之前的實驗過程又要步步爲營，終日焦急盼望著能符合自己的期望結果，然而失望永遠佔上風，就算一切數據就緒，將它們轉化成文字又得經歷一翻淬鍊與掙扎，而千迴百轉之後未必「柳暗花明」，因爲投稿出去受到專業評論者的撻伐是幾乎不可避免的，有幸者仍需梳粧整容一番，不幸者則毀容滅跡，心靈脆弱如我者更須承受如凌遲般的痛苦煎熬，短者數月，長者年餘，我於是被徹底侵蝕了。

2010/07/21

註：1-13為村上春樹之《關於跑步，我說的其實是……》的英文版《What I Talk About When I Talk About Running》

1. What is crucial whether your writing attains the standards you have set for

yourself. Failure to reach that bar is not something you can easily explain away…. , but you can't fool yourself.

2. In long-distance running, the only opponent you have to beat is yourself, the way you used to be.

3. A sense of disappointment set in that all my hard work wasn't paying off.

4. Exerting yourself to the fullest within your individual limits; that is the essence of running, and a metaphore for life and for me, for writing as well.

5. Time does its job much more faithfully, much more accurately, than I ever do.

6. I run; therefore I am.

7. At least he never walked.

8. It was a major directional change to a more closed life.

9. The desire in me to be alone hasn't changed. Maintaining my own silent, private time, is important to help me keep my mental well-being.

10. In certain areas of my life, I actively seek out solitude …. simple and regular life.

11. I want to cling to, as much as I can, the act of sitting alone at my desk and writing.

12. You cannot please everybody.

13. You really need to prioritize in life……, (otherwise) you'll lack focus and your life will be out of balance.

14. 摘錄自鍾文音著《孤獨的房間》。

15. 摘錄自張小虹著《身體褶學》。

文字的旅行

行旅世界是宅女找尋心靈出口的一種方式。

在絕大部分不旅行的時刻，宅女就藉由作家的眼睛看世界，我特別喜愛關於旅行的記述。對於我的最愛之一巴黎，海明威《流動的饗宴》(A Moveable Feast)是絕對的經典，另一個經典可能是波特萊爾 (Charles Baudelaire)，這個一再想遠走巴黎的法國詩人，用他的文學風采吸引了無數的人前往追尋他眼中憂鬱的和幾乎消逝的巴黎，可是他如詩般的散文《巴黎的憂鬱》對我來說仍有些太沉重了。不過跟著鹿島茂的《追憶巴黎似水年華》，我便可輕鬆的漫步在二十世紀初的巴黎街頭，探尋文學家曾經刻劃過的場景。其它關於巴黎的零星散記可以在 Alice Steinbach 的《中途下車》、Bill Bryson 的《歐洲在發酵》、Alain de Botton《旅行的藝術》以及 Peter Mayle 的幾本書中找到，裡面有文學、有藝術、有美食。Francoise Sagan 的《日安憂鬱》是一個混合了憂鬱和狂野的巴黎，而 Muriel Barbery《刺蝟的優雅》中的主角則爲巴黎帶來一些哲學的氣息及一點東方的禪味，在 Monique Truong 的《塩之書》中，一個流落異鄉的浪子窺視著同爲異鄉人的現代主義作家Gertrude Stein在巴黎的流金歲月，但不同的是他必須隱忍著卑微與巴黎的黑暗和殘酷共生共存。巴黎能創造出她個人的獨特魅力絕不是偶然的，Joan DeJean的書《原來，我們的生活很巴黎》便告訴了我們巴黎時尚與美食的歷史義意，我也透過Lucinda Holdforth《巴黎的女人》看到女人所創造的巴黎風華。在《我沒有時間討厭你》(L'allure de Chanel)這本書中作者告訴我們香奈兒如何用她睥睨的目光以及犀利的批判激發二十世紀初巴黎時尚與藝術的光芒。

華人作家中亦有不少關於巴黎的書寫，邱妙津在《蒙馬特遺書》中透露出她如何用她炙熱的青春與生命去體味巴黎的孤獨和冷淡，我曾經帶著林達的《帶一本書去巴黎》經由維也納、柏林前往巴黎，並隨著書中的文字去經歷巴黎的歷史。很久以前我也讀過兩本郭正佩絲慕巴黎系列的書及郭昱沂《巴黎的前後時光》這類有關巴黎的輕書寫，甚至更輕鬆的隨著彭鎧立《散步到左岸》看巴黎的時尚，或是用視覺品嚐彭怡平《隱藏的美味》。

除此而外，印象派畫家的中英文傳記也帶著我認識巴黎，畢卡索與Modigliani、梵谷與高更、馬內與Berthe Morisot豐富了二十世紀初的巴黎藝術，當我走到Saint-Lazare車站時我便想到莫內曾多次以此入畫，走到蒙馬特大道上便似乎看到馬內畫中的 Victorine Meurent 正低頭疾行。而印象派畫家又與文學家交融激盪出巴黎的藝文風華，彼時海明威、Gertrude Stein、Mary Cassatt 便爲此越過大西洋，而今日即便是「巴黎」二字便能吸引我一去再去，甚至用文字以及虛擬的方式留漣在香榭大道、聖日耳曼和蒙馬特，只是下次不知何時再啓程。

光是一個巴黎就佔據了我不只一排的書架，另外還有紐約、東京、京都、希臘、印度、北非以及喜馬拉雅山的雪域，我的書架是半個世界。

我也喜愛閱讀女人獨行天涯的紀錄，因爲從那裡可以看到她們對自我靈魂的審視，我亦透過她們的感性去認識世界，隨著 Frances Mayes 的《托斯卡尼艷陽下》徜徉在陽光燦爛的 Tuscany，藉著 Alice Steinbach《沒有預約的八堂課》展開了探索藝術、文學與食藝的世界旅程，以及體會 Nan Watkin 如何在她人生最低潮的時期爲了追尋生命的曙光而一路航向東方 (East Toward Dawn)，另外我手中也有幾本集合了許多女子對生命對世界的探險紀錄，包括《旅行中的女人》(A Woman's World)、《曠野的玫瑰》(Gifts of the Wild) 以及在倫敦旅行專門書店 Stamford's 買的《A Woman Alone》。總之，文字的旅行亦是一種救贖，讓乾枯的靈魂找到一點活泉。

看了不少，但也忘了很多，看過後能在腦海裡留下深刻印象的卻是村上春樹，雖然他的小說帶給我的只是許多的迷惘，但我喜愛他的旅行散文《遠方的鼓聲》、《邊境、近境》、《雨天炎天》，他的文字有一種獨特的魅力讓我不能忘懷，我甚至在我的閱讀筆記中畫了一張村上春樹地圖，隨著他走過希臘、墨西哥、土耳其，我希望有一天我能帶著這張地圖展開一趟前所未有的旅程。

2010/10/21

冬眠讀書

今年冬天太冷，讓我不得不蟄伏冬「眠」，但冬眠絕非讓我得好「眠」，而且仍不得不靠著與我節能概念相違的電暖器和電毯繼續與學術文章奮戰，灰暗的天色與冷冽的空氣讓我血液中的血清素（serotonin）降低不少。雖說冬眠但也讀了幾本書，有前輩國學家關於其生活雜記與研讀感想的《擲缽庵消夏記》、當代知名作家半小說半散文式的《巫言》以及新世代香港作家的旅行觀想《衣錦夜行》。

看了第一本書之後，對蘇雪林教授澎湃的思路和豐富的辭藻驚訝不已，她對一事一物一景可以洋洋灑灑的描繪了數千字，而且她會質疑權威的文章，在追究考證後不畏眾人既定的觀念提出自己的論述，此舉實為不易，做科學研究的後輩實在應該效法。更讓我汗顏的是，她竟然能在那種不僅沒有「孤狗」（google）「危機」（wiki）甚至還是個溫飽堪虞物資空匱的戰亂年代，堅持在考據研究且寫作不輟，我輩更應汗顏才是。去年初在成大開會時曾去該校為蘇教授設的紀念書房參觀，對於她質樸素簡的生活方式印象極深，而去年底又恰巧在上海走訪了魯迅紀念館，沒想到蘇當年是個不屑迎合及苟同主流而且戳力反魯的人，我雖無能深入其究竟，但看蘇教授在學術上一路踽踽獨行追尋真理的精神，就值得做我的 role model 了。不過仍有一件事卻讓我如鯁在喉，我對於蘇教授年輕時與友人共赴黃山擲缽庵避暑隱讀，仍需令轎夫扛肉罐頭至庵裡食用，且因半月後食畢罐頭便提早返入紅塵一事實在不能諒解，嚴重的破壞了我對她「不食人間煙火」的想像。

2011/01/19

複製「人格」

平日嗜書，在書中常能看到「自已」，數日前看《夏日彼岸》時，看到一段令我拍案的描述，作者描寫一個從未真正現身的主角「總編輯」，平日嗜喝 diet coke，因爲「他不喝沒有味道的水，可是又怕肥、怕死，所以挑 diet」，這簡直是我的 duplicate（複製）。這本小說的第一人稱是個雜誌社的「資深」編輯，她自稱在出刊前會將 spreadsheet 修改24次，而我在完成一篇研究論文時打開檔案的次數是N次，即便完成初稿後，仍是不斷的埋首抓狂修改數次，可嘆的是我們如此「廢寢忘食、嘔心瀝血」之後的產物也未必能獲得別人青睞，顯然作研究和當編輯都是在從事一種令人「心神喪失、精神耗弱」的工作，而且都有一些「龜毛」的人格特質。

我早已是「自閉」成名，去年看了一本書《微美》，作者自述是一個「盡量避免社交場合，寧願待在家裡讀書」的人，作家平路也是寧願在家裡「磨咖啡、煮咖啡、啜飲咖啡，一遍遍聽巴哈」，所以世上還有像我一樣「自閉」的人存在。

我希望能和 Emily Dickinson 一樣活在「幽閉的心靈世界」中，尋找屬於我們真正的自由。不過自閉的人多少也有一點莒哈絲 (Maguerite Duras) 及芙烈達．卡蘿 (Frida Kahlo) 的自戀情結，和 Narcissus 一樣的喜歡流連在池邊顧盼。

看散文、雜文便是悠遊在認同和不認同之間，驚喜常來自於看到別人把自已心中零碎片段的想法整合出來，我也喜於在真實或偶爾虛擬的人物中與自已做「blast」比對，「homology」的高低即明白告知了兩者間同質異質的程度，畢竟「複製」並不多見，而且各人基因間的多型性 (polymorphism) 本就造就了不同的「格」，幸而「similarity」可以包容變異 (variation) 的存在，讓我不至太離經叛道。

2011/05/25

在銀河裡遇見同志

一個五年級的龍女在書店裡盲目的買了一本六年級龍子的散文，稱別人「同志」是抬舉了自己，人家有名我無名，但在讀著原來未曾付與太多期望的散文時數度看到了自己，感覺像是找到了同志，最起碼我和這位同志都迷戀或偏好張愛玲和村上春樹，因此在此或抄錄或改寫《銀河系焊接工人》內的句子，也用拼布的方式把散落的自己補綴起來。

其一，我和這位同志一樣，只想終日躲在辦公室或家裡，即便是埋首在永無止境的學術寫作和今生看不完書中，或是「在這空洞的現實世界裡，抱擁著電腦，啓動網路連線」，反正電腦能讓我們感覺「無所不能，擁有一切」，事實上「在這沒有與人交接的場合中，我充滿了歡悅」（張愛玲語），甚至「有不被人發現的快樂」（覃子豪詩），其實能享受這種孤獨的況味沒有什麼不好，蔣勳有言「好像只有孤獨，生命可以變得豐富而華麗」（取自《孤獨六講》）。不過這個學術的象牙巨塔雖然「保護著但也消耗著我」，難怪多數的學生見到如此無止境的耗損及貧乏的回饋，都視學術研究爲畏途了。

其二，關於孤獨，我也同意書中引述榮格的一段話「孤獨並非由於沒有旁人伴隨，而是由於無法將自認爲重要的事與人溝通」，我也相信這世界上任何兩人（即便關係再密切的兩人）都很難有一致的想法。

其三，看到他對失眠的描述我便想到自己的短眠，在午夜過後把電腦滑鼠帶到 sleep 選項下，click 完畢後便祈禱能「安穩一覺到天亮」或是不要讓我的靈魂比太陽提早甦醒。可惜的是一年裡有 350 天我睜開眼睛時所看到的窗外仍是一片黝黑。

其四，這位同志也游泳，他說游泳「暗示了我們離群所居的個性」，我想跑步亦然，特別是跑步機上的跑步。在不知道村上春樹也跑步之前，我便游泳及跑步多年至今未曾間斷，其實真正的用意是藉運動「鍛鍊自己的靈魂」，但多少也和這位同志說的一樣是一種自戀情結作祟的結果，他認爲村上的跑步也多少由於「耽溺於肉體的表象」，顯然這些孤獨的靈魂都用運動在淬鍊自己的意志同時也抵抗肉體的衰敗與傾頹。

其五及最後，看完此書，最感慨的只怕是如他所言「人生越是虔誠認真，越是不易達陣得分」，一切堅持與執著只怕淪爲一種「愚癡的悲壯」（借用林文義《時間歸零》之語）。

2011/08/17

一盤讀書心得雜燴

二十一世紀關於「人」的新定義

二十世紀末出現的網路，在跨越千禧年後帶我們進入一個超現實的虛擬時空，網路重新定義了「人」，在網路世界裡我們可以有數十數百種不同的身份，但在「兩個按鍵之後，我們的身份就會被消除」，而我究竟是誰？我是否存在，還是「我既非我，不是我的我」（摘自林梵的詩〈存在〉），甚至「一個真實的我可能遇見一個虛擬的你或是一虛擬的我遇見一個真實的你」（摘自許舜英《古著文本》），說不定那天我還會遇到另一個我的分身。

死線

日前一位社工和幾位科技業工程師英年早逝，大家說他們死於過勞。一個動漫設計師猝死於電腦前，大家說他宅死了。而我除了辦公室便是窩在家中書房，日夜掛在電腦前寫研究計劃報告和 paper，又得上課開會和參加學術會議，像我這樣一個人是否會有更高的死亡係數 (death coefficient)？那也難怪，因爲我們的宅書寫都只是拼命的追逐一個「死線」(deadline 之譯引用自葉輝《昧旦書》)。

時尚的哲學思維

原來創新並非時尚的要件，現在不就流行著「古著」「復刻」這些名詞嗎？用香奈兒「抄襲是最真誠的讚美」來爲模仿背書。「時尚」還可以藉用一些理論來增加它的玄秘性及附加「價值」，就像 Prada 的新保守主義、Theory 的後現代和 Comme des Garcons 的解構，最近一則新聞更說到 Marc Jacobs 用 Susan Sontag 於五十年前對文化風格所提出的「Camp」論述來詮釋他今年爲 Louis Vuitton 所推出的春夏新作，試問走進晶華、走進表參道或是 Champs Elysees 的貴婦有幾個人知道「Camp」，（我不是貴婦但）我也不懂，不過我曾讀過陳冠中先生對坎普的詮釋[1]（我承認這是一種懶人包的閱讀方式），我想時裝秀不只是人爲、造作、誇張的綜合體，更是奢華版的媚俗 (kitsch)。

現代顏回

奢華不是我字典中的詞彙，所以我無從爲 140 萬的 Hermes Braise 95 鱷魚包下一個註解，我半輩子宅在南港過著一簞食（蔬食）一瓢飲（咖啡）的日子，最近欣然看到一篇凌拂的文章，自述「身無常物、窮措不妨礙風骨」「以少爲多、不惑於物」，又看東吳大學教授鹿憶鹿之新作，說到在平凡生活中「一爿豆腐，幾根青菜」亦可飽足，想來有些人仍能「平淡度日不覺虛空」，生活上以「追求心靈上的自在」爲依歸，可見現代顏回尚有幾人。

書報研讀課

見到陶淵明有詩曰「奇文共欣賞、疑義相與析」，我忽然領悟到原來一千七百年前就有 journal club 了！

寧靜

看了一本書名爲《八月寧靜》，裡面的文字也是寧靜的，有一篇寫到日本名作家谷崎潤一郎在京都寂光常寺的墓前有左右各一石碑，上面分別刻了「空」

與「寂」。日本導演小津安二郎在北鎌倉的墓碑上僅留了一個「無」字。離世未及十年的知名文學批評家 Susan Sontag 不僅選擇跨越大西洋孤獨的安息在異鄉巴黎，她在蒙帕拿斯 (Montparnasse) 墓園的石碑上甚至未留下一字，無名無姓無日期。是無？非無！世人仍繼續討論著她革命般的創見與理論，透過書籍及網路 Sontag 的靈魂仍飄散在各處。又想起某年初夏的上午在倫敦海德 (Hyde) 公園內一間專賣 Sontag 的小型書店（或僅能稱書亭），我和其他兩三人靜靜地翻閱她的文字，寧靜就如同當時清冷的空氣，寧靜才能讓人思考。

我們只有簡訊

看林文月教授讀《傅雷家書》的心得及楊絳的〈記傅雷〉又是一番羞愧與感慨。傅雷不論在專業的文學翻譯評論或業餘的藝術賞析都能綜覽古今，寫出精闢獨到的文章，他治學態度一絲不苟，以追求真理爲第一，更由於他那種凡事必臻完美的個性，讓他不能妥協於當時不公不義的世道而自盡以終。當然在此二十一世紀的逸樂年代無人需要像傅雷一般的極端，但相隔僅半個世紀，現世中卻充滿了讀過書（甚至未能稱知識份子）的 hypocrites（也包括我自己在內），與他相比，我們（多數人）對於自己學問的淺薄與處世的鄉愿實在該感到汗顏才是。另外，想到我現在大約也在傅雷寫家書給傅聰的年紀，見人家書信中對藝術、人生與真理熱切又深沉的討論，而我們僅以 iPhone 傳點芝麻綠豆的簡訊給女兒，別說傳世了，還是趕快按「delete」鍵，免得貽笑八方吧！

春曙最美

因爲鍾情京都所以看過一本簡略版的《枕草子》（莫笑我爲何不看原著？唉！時間有限啊！就像我從未看過原版《紅樓夢》一樣），我一直著迷於千年前日本平安時期的唯美細膩風情，剛好又在林文月教授的《作品》一書中看到她評論《枕草子》作者清少納言應是個「愛惡分明、不易妥協」的人，少納言不能忍受別人的平庸愚昧，她的慧黠表現在《枕草子》書中，文詞言簡意賅卻深遠有意趣，作家武也在「鳳凰論壇」中則說少納言的心「纖塵不染，才能感受及描繪出生活與自然中細微的紋理，構築她澄明的唯美世界」，我不禁羨慕她能如此恃才傲物又能敏銳多感，但如此才女最後仍隱遁爲尼終了一生，不過她留下一句春曙最美，讓千年來的人都能有同感。

2011/11/01

1. 見陳冠中《移動的邊界》

向方文山借詞

平日不看詩集更無視於流行音樂的我有點反常的買了方文山的《中國風》，在某個週末裡囫圇吞棗讀了一遍，竟然發現他的句子能解讀我彼時的心情。雖然在手稿中寫了滿滿一紙但不敢任意搬弄到書裡，免得被指控抄襲。至於是什麼句子觸動我？也許因爲不才，在學術上雖孜孜不倦，可是投稿學術期刊仍不時遇到挫折，就像

千年來我一直尋找永恆〈風沙〉
卻遍尋不著那傳說中的美好〈胡同裡有隻貓〉
過眼繁華如三千東流水〈髮如雪〉
潮起潮落我如何看透〈娘子〉

朱天心在〈威尼斯之死〉一文中對「作家」曾描述如下，「我們汲汲追尋的珍寶往往於其他大多數人而言簡直如敝履垃圾，我們所在意的東西是如此的不同於大眾……我們不事生產，不像大多數人那樣的熱中營生」，雖然這也可以套在

科學人身上，但我們和作家不同的是我們的文字不是來自咖啡廳裡得來的靈感，而是在實驗桌上經歷十次革命換來的圖表數據，但我相信無論是把靈感或實驗結果轉換成文字或許都免不了一番夙夜匪懈的奮戰。投稿後進入審查程序（peer review）後的一個月左右，我每日清晨醒來便是顫顫驚驚的打開 e-mail，如果發現文章（又）被拒絕，心情的惡劣頹喪可想而知，後續便不足為外人道，讀著方文山的詞覺得心有戚戚焉，便借了他的句子抒發當時掉到谷底又想罵三字經的感覺。

2011/12/02

對照在 1964

書桌旁堆積了這兩個多月來買的二十餘本書，看完一本還來不及消化寫個 notes 又繼續攻下一本。大年初一又在誠品買了一本三位作家合寫的《對照記@1963》，看完後我卻忍不住先對照一下，然後就以該本書的子題寫了我的 1964 對照。

台灣香港大陸

台灣是我的故鄉，但我卻不曾上過玉山，未識台語，幾乎是個不及格的住民。我的父母來自大陸，他們用的是和香港同樣的語言。政治的詭譎曾讓兩岸三地之間的關係莫名曖昧，但現今經濟的誘因又足以讓風雲變色。

耶穌

我不識耶穌但我知道修女，五歲初入天主教幼稚園時被一身黑衣白袍的姆姆嚇得抵死不敢上學，據說是母親用我的紅毛衣在夜半時分去橋頭把「我」喚回來才好的，不過究竟喚到了誰的魂我也不知道，不過這個魂就從此安份的上學唸書了。

孔子

高中時爲了逃避默寫論語的國文小考，不知佯裝生病幾回，寧得零分辜負孔老夫子也不願背書。

火車

我想說的不是高鐵不是微風 (Breeze) 而是三十多年前有著圓型吸頂電扇、綠色塑膠皮椅以及濃重異味的深藍色列車，它載著高一的我往返中壢和台北，後來我終因體力不濟才結束近一年的通車生涯搬到台北。

飛機

我實在厭惡長程飛行，尤其是在 Yale 的那幾年，總在黝暗的蒼穹下向東飛行十六、七小時，夜半時分抵達紐約，再搭小型巴士回 New Haven，如果是冬季還要面對冰雪覆蓋的大地，心情真是盪 (down) 到谷底。而且我總是懷疑我的靈魂來不及追上我被飛機承載的軀體，因而總要失魂落魄數日。

春遊

那年的四月初新英格蘭仍在下雪，先生從台灣來看我，我們開著車自 New

Haven 往北到了麻州一個叫做 Old Sturbridge Village 的仿古村莊，那兩年正好 R. J. Waller 的小說《The Bridges of Madison County》一直掛在暢銷排行榜上，我也買來看了，現在當有人提到麥迪遜橋時我心中浮現出的卻是那座被白雪覆蓋也有著拱頂的木橋，而且伴隨著一種獨在異鄉的淒涼。

世界讀書日

我不知道有世界讀書日這回事，可是我愛讀書，除了睡覺和每日區區一點在廚房廁所的時間外，我的眼睛甚少離開電腦和書，連在滑步機上都可讀書，但仍覺得腹笥中空，慚愧。

初戀

大部份人的初戀（唉！多半是暗戀啦！）都始於小學吧！突然想到那個已經三十五年未再見到男生，剛才心血來潮 google 了一下他的名字，只可惜那個稍嫌普通的名字被埋沒在數千條 outputs 中，讓我無從分辨。

母親節

父親是在某一年的母親節過世的，所以我對「母親節」這三字的感受有點複雜。而且我這一生演的最糟的角色就是女兒和媽媽，而母親也在這篇文章初稿完成後兩個月忽然離世，所以我連最後一個母親節都沒了。

電車

我只有在舊金山和布拉格坐過電車，但我腦海中的電車影像卻連接到張愛玲以及她書中叮玲玲的聲音。

女廁所

縱使我們已進過不少五星級或貴婦版的廁所，但是一看到廁所二字，腦海中仍是最先跳出那些有著不堪味道的記憶，不過我生平看過最簡陋但最乾淨的廁所便是在尼泊爾三千公尺的高山上，喜瑪拉雅山上融化的雪水就潺潺淙淙的在腳下流過，而且抬頭望去還有無瑕的藍天和冰雪覆蓋的山巒，何等人間！

男同學

小時候在班上被老師打的淅瀝嘩啦的必是桀傲不馴的男同學，幾個女生竊竊私語的主角則是成績超好或又帥又屌的男同學。

瓊瑤

我自小絕不看瓊瑤的書和電影，引用《對照記》裡其中一個作者的句子吧！「死活看不上瓊瑤那些抵死纏綿的垃圾故事」，但是如果要我和瓊瑤拉上一點邊的話那就是我看三毛，瓊瑤和三毛的書都是皇冠出版的，我有位女同事批評說她們寫的不是都差不多嗎？是吧！此話李敖也曾說過「三毛是瓊瑤的變種」，不過青春的我看了就是看了。

歷史課本

小時候曾是背史地的高手，但在大學四年中唯一有被當之虞的科目是大一的歷史，幸而老師在打學期成績前給我一次補考的機會，讓我六十分過關。

單車

唸過台大（或許任何一所大學都一樣）的人都深知單車是我們的共同傷痛之一，明明沒什麼錢了，從教室出來又發現單車不見，只好忍痛把口袋裡僅餘的一點零用金貢獻給校內的腳踏車店，然後順便在店內看看是否有我那輛「不見的」腳踏車殘骸。

男老師

哪個女生沒有暗戀過甚至自以爲戀愛過的男老師名單。

搬家

我唯一一次和父母搬家是在高一快結束時，因爲他們體諒我每日的舟車勞頓，毅然在台北覓得一租屋，暫時在台北陪了我兩年，不過搬家之日我並沒有真正的參與，只不過那天放了學不用再到火車站只需坐個三、五站公車便到家了。

收音機

除了很久以前不太情願的聽空中英語和 ICRT 外，沒有想到要用收音機，不過現在倒是在車裡鎖定 99.7 頻道聽愛樂電台，以及看完三本《村上收音機》。

求職

做學術研究的人求職的經驗應該不多，我只有在做完博士後研究時，同時應徵現職和其它幾所大學之教職，至於其中的內幕或細節，學術界中人都心知肚明，就不必明說了。

報紙

自小在眷村長大的我最先接觸到的報紙便是中央日報，此報是寫週記和八股文的最佳參考工具，不過在它變成網路報之前，就早已消失在我們的生活中了。近年出現了一種以水果爲名的報紙，我拒看這種報紙（就像我不看瓊瑤一樣），更可厭的是它要消耗掉那麼多的森林資源來印一些垃圾中的垃圾。

2012/02/06

瀟灑過關

每年過完了舊曆年，國際書展就沸沸揚揚的登場了，直到今年我才第一次跨進展場想去看個熱鬧，我天生懼怕 massiveness，數大對我來說未必是美，很多時候是壓力，我連走進誠品都會覺得暈眩，更何況是書展，所以匆匆來去仍見樹不見林。我除了是第一次去國際書展，而且也是第一次買了一位已過世兩年的女作家散文，這位作家確實有相當的知名度，但是每次看到出版社或網路媒體介紹這位作家時，都說她的作品除了小說、散文、雜文外還包含勵志、心靈成長、兩性問題，我就覺得我們的路數不同，所以我從未想要去看她的書，不過在書展中我無心也無暇多想，最後竟然在懷抱的一疊書中夾了一本她身後才出版的書。

結果跌破我眼鏡的是這本散文雖以「情關」爲名竟然也淺評沈從文、朱自清，論五四、論文化的復興創新，談生、談死、談禪，耿直的批評某信眾無數的上師。她的文章也讓我心有戚戚焉，例如當她走在京都平安神宮的八重櫻下便想到谷崎潤一郎的《細雪》，走在肇慶的梅庵想到惠能的菩提偈句，而看到南華寺的菩提時又感嘆人世間是非善惡倒置，在〈情關〉的文章裡從紅樓二尤寫到 Virginia

Woolf 的一劍二刃說，女人的劍一面是傳統與秩序一面是悖離與叛逆，端看妳怎麼舞，總之題材林林總總，雖是雜文但是頗值得一看。

書中數次提到「死」，在人生的關卡中這或許是令凡夫俗子最難看透的一關，詩人惠特曼曾說死亡不過就是化作白玫瑰的肥料，我不敢認同這種高格調，因爲通向死亡的路的確令人（或凡人）忐忑不安，我欣賞周夢蝶的坦然真情，當孟東籬問大詩人說「你怕死嗎？」，詩人回答「我假裝不怕」，絕少有人能像近百年前的一代大儒王國維一般有「五十之年只欠一死」的絕決。想到自己也快屆半百，這實在是個令人驚悚的數字，不過人生的常態就是「無常」，而死亡的習題是如此的難解，就暫且把它放一邊吧！畢竟我還沒學會如何能瀟灑過關。

看這本書時，我竟然發現世上還真的有像我這般的異數──「每日起得比晨鳥還早，一生未曾嗜睡」，而且「生活自律的像清教徒」，我和這位作家一樣都喜愛 Magnolia，我們都是在美國東部第一次見此花，而且都被它昂揚雪白的姿態與顏色迷倒了，對於山櫻我們也都不免嫌它紅得庸俗，本來一直想附庸風雅的安排一場京都櫻見，可是最近此也櫻花彼也櫻花，到處艷紅一片，我懼怕「數大」的症狀便不預期的發作了，所以打消了日本花見之旅的念頭。

看罷闔上書，想來和作者一樣能認真活過總是好的。

2012/02/22

旅途中的閱讀與聯想

前言：

如果要我認真寫一篇關於旅行中的閱讀，我可以橫古跨今的寫，因為我是一個在旅行中不睡覺不看電影更不可能發呆的怪物，所以剩下的只有讀書，可是這一小文只記錄了某次前往聖塔菲 (Santa Fe) 旅途中的閱讀經驗，因為讀而有了 network，有了無限的想像。

旅行前有位好友打電話告訴我說她發現胡適處處結情，令她非常失望，我說那絕對比不上徐志摩，其實連剛過世的陳之藩對他第一任妻子的忠誠度也頗有疑問。剛好在這旅途中的飛機上看了一本書，我才知道徐志摩也曾心儀過凌叔華，另外一位年輕的英國詩人朱立安貝爾 (Julian Bell) 也曾追求過凌叔華，凌叔華早年的英文作品可能曾經手於貝爾姨母 Virginia Woolf 的編輯。至於貝爾的母親 Vanessa Bell 有一幅在倫敦 Courtauld Gallery 的畫《A Conversation》曾讓我停下腳步駐立良久，那時我還不知道畫家是何方人物，只覺得她畫的線條簡潔有力，暗沉的色塊既獨立又在彼此間有所互動，於是我在筆記中記下一筆。巧合的是在那趟去倫敦的旅途中我亦買了 Virginia Woolf 的《The London Scene》，事後才知道畫家和作家是姊妹，而今又知道 Vanessa 的長子竟曾在遙遠東方的武漢大學任教並結識凌叔華，沒想到這個世界的連結 (network) 是這麼的微妙。

在聖塔菲開會期間，我陪同我在 Yale 的指導教授一起去州立民俗藝術 (Folk Art) 博物館參觀，當時有一個 Macedonia 的新娘禮服展，不過我真的是無從加入同行者的討論，我對自己的無知感到無地自容。沒想到半夜在旅館無法入睡之際翻開另外一本帶來的書，剛巧便由書中的一段文字讓我憶起兩千年前自巴爾幹半島揮軍東征的亞歷山大大帝就是馬其頓人，從書中我才知這個橫掃千軍叱吒風雲的人物竟然只活到32歲，亞歷山大可能未料到他的子孫如今在自己的土地上面對紛紛擾擾的征戰難得片刻安寧，我也沒想到會在聖塔菲一家冷清的博物館裡，因一項民俗展而牽連出一段歷史和地理的連結，只能說知識真是無屆／界。

在旅途中閱讀有一種不被干擾的優勢 (privilege)，讓我有足夠的閒暇能做恣意的聯想，特別是在幽暗的機艙中閱讀，更有一種眾人皆睡我獨（讀）醒的樂趣，而閱讀永遠附帶了意外的想像與連結，讓我有一番小趣。

2013/03/24

村上 iPod

村上春樹出了第二本收音機，我買來很快地看完了，又再花了幾小時把四年前買的第一集再看一遍。

這次時報出版社把書本的裝幀變成32開精裝本，因此破壞了我書架上一排有著藍色書側的村上春樹 collection。雖然時報這次爭取到了大橋步的插畫版權，似乎要原封不動的把村上的品味移植過來，偏偏我不領情，我甚至比較喜歡舊版第一集裡一位台灣插畫家的配圖。在看了第二集之後還真覺得村上只要隨便磨磨(murmur)兩句都是文章，他似乎對此有自知之明，他在第一集中便說過有人曾批評他的《國境之南太陽之西》是文字的 fast food，他在第二集的序中又提到他的隨筆只是寫小說時收集起來但沒用到材料，這豈不是意味著他把原來可能要扔掉的廚餘做成了一道「村上雜燴」了嗎?不過我還是他的散文迷，不論他出什麼我還是會買來看，就像喝咖啡一樣，一天三四杯已是一種戒不掉習慣。（在重看這篇舊作時我已把他的第三本收音機看完了！）

我喜歡看村上或許是覺得自己有一部份也很「村上」，譬如聽古典音樂，不過他能欣賞德布西，但我只聽巴哈、貝多芬、布拉姆斯，這大概和我聽不聽爵士有關吧！他喜歡跑步，他可以悠哉的邊看風景邊跑，也可以卯下去跑馬拉松，我也跑，只是我平常在跑步機上跑，不過我和他同樣能享受在紐約中央公園裡慢跑的特有情趣。他去 Starbucks 只買「普通咖啡」沒喝過歐蕾拿鐵，我也是黑咖啡一族。另外，他最不喜歡參加宴會，沒去過卡拉 OK，他說他是一個「書打造的人」，這些也都可以和我畫上等號。但也有一些他的 favorites 是我絕對不碰的，譬如 Dunkin Donuts 的甜甜圈，吃炸可樂餅和看棒球。事實上他在這兩集《收音機》中都提到冷凍可樂餅一事，不知是否正如他說的「有時寫過什麼也忘了」。

另外我認同村上因爲他是一個幾乎可以拋棄外在世界卻又工作認真的人，用他的話描述便是「村上以村上的方式拼命做著」，也許這就像他欣賞奧林匹克比賽中的選手「無論強弱都在拚著命流汗努力奮鬥」，或許因爲他這樣的內在(intrinsic)性格，他不喜歡太宰治那種頹廢的象徵（那真抱歉啊！在我的書架上村上和太宰治的書是比鄰而居的）。

最後我應該建議村上換個書名，畢竟電晶體、黑膠唱片的時代已過了，雖然那是村上的鍾愛和品味，但現在 iPod、iTune 當道，所以何不叫「村上 iPod」呢？

2012/11/28

之二 寂寞荼蘼

想花

2011年六月自京都開會回來後有著一股殘念，讓我極想找個春天來一趟花見行，花當然是指櫻花，爲了這股殘念我上網一口氣買了《品京都》、《去京都學散步》、《京都之心》和《日和見閒話》四本書，再把舒國治《外漢的京都》重讀一遍，又略再翻了一下以前也曾讀過的《千年繁華》那一個真正的京都人寫的「悠遠、深沉、絕美的千年古都」，另外，在書架旁把關於賞櫻品櫻的散文也從其它書中零零落落的翻出，七月的大熱天竟然就深埋在「京都」的氛圍中憑空想花。

殘念之緣起是在購進了潛舍之後，不擅園藝的我只打算種一株櫻花，我喜歡她那種一年一會，乍開七日，花見花散的決絕美感，谷崎潤一郎曾說「只要花開燦爛，一株孤櫻足以！」[1]。但我對櫻花仍是有挑剔的，我想要的是色白婉約的吉野、松月，或是台灣原生的粉淡山櫻，至於緋色絳色及花瓣累累的櫻花都不在考慮之內，想歸想至今尚未種下一棵，不過對櫻花的癡念讓我仍想計畫去京都逐櫻一回。

既是花見，便要見花，許多人要見的是櫻花齊開的刹那，滿樹繁花甚至見花不見樹，似乎櫻樹沉寂一年的修鍊便是要把生命力在瞬間爆發出來，不驚世死不休，這樣亦無不可，我怕的只是層層疊疊的豔色櫻花，一幅惡紫奪朱的姿態。連茶道宗師千利休也嫌簇放的櫻花太露骨，無見從容含蓄之姿。

其實許多日本人更想見的是花落，日本的美學本就如川端康成所言的「物哀」甚至「以悲為美」，在書中亦讀到在日本古詩《萬葉集》裡早已點出「櫻花開復謝，傾刻散如煙」的淒麗和悲涼，豐臣秀吉在臨終之年的醍醐花會也預示了一場繁華落盡的結局，三島由紀夫則推崇櫻花在最絢爛之時分抖然落幕的一刻，「用飄落來宣示自己的存在」（取自李長聲《日和見閒話》），總之「相見也散、不見也散」「相見爭如不見」（取自葉輝《味但書》），對於落櫻而言，既然曾經滄海又何需戀於塵世，再用最美的姿態回眸人間一回吧！所以我也期待一見「櫻吹雪飛花入泥」的景像（取自林夕的詞），去體會櫻花飄零時非雪非花的massive sadness。

賞櫻變成傷春或許太沉重了，想想何需急於一時去參透「生命真幻難解的況味」[2]，不如學清少納言折一枝盛開的櫻花插在一只大青磁花瓶裡，在書房中伴我讀寫便好。以上只是癡想，至今既未種花亦未見花更未摘花，僅有一包在京都錦市場帶回的櫻花漬，那就先作個食花的俗人吧！

2011/08/09

1. 谷崎潤一郎〈旅行的種種〉
2. 亮軒〈花間櫻語〉

一朵花比一百朵花更美麗

剛搬到潛舍時住家的山坡下有家花店，那時我每個週末都會在花店買一朵花，有時候買一朵白玫瑰，把它插在多屋嘉郎的黑釉描金清水燒小瓶中，有時買一朵盛開的白菊花，去枝去葉後將它盛於富有禪意的黑色陶盤中。唐朝元稹沒說明他究竟愛菊不愛，不過他詩中的「此花開盡更無花」，顯然告知無花能出其右。菊花本就有孤高絕世的隱士象徵，陶盤中的菊花在我眼裡雖獨不孤且尚有栩栩生意，當然亦無方文山〈菊花台〉裡「花落人斷腸」的悲淒，否則每日見花傷感又何苦。

我喜愛「一朵花」其來有自，**O'Keeffe** 僅用一朵血橙的罌粟、一朵煞黑的紫羅蘭或是素白的百合便占滿了我的視野，讓我炫惑於形與色中，她再將一朵冷調的白玫瑰放在牛骸上，更讓我覺得人世的蒼涼。我自己也喜歡將一朵荷花、一朵牡丹或一朵菊花入畫，用二、三十個小時琢磨一朵花的世界。今天竟然看到川端康成也曾寫下「一朵花比一百朵花更美麗」的句子，更心有戚戚焉，一朵幽玄孤獨的花在文學家眼裡即是禪，一朵單花給人「無物、無心」的隱喻，進而更進入「無思、無念」境界，也難怪日本茶室的壁龕裡僅需插著一枝含苞的白玉（山茶花），無多，唯此一枝便可。川端在獲諾貝爾文學獎的致詞稿中亦提到「由花而悟道」（見陳銘磻著《川端康成文學之旅》），而美國詩人惠特曼(Walt Whitmann)也有一句「窗前的一朵牽牛花比書中的哲理更令我滿足」(A morning-glory at my window satisfies me more than the metaphysics of books)，或許東西方都有以一花見世界的哲人。

如果比一多呢？周夢蝶詩中雖有「盡攬秋色的一莖野菊」，但也有十三朵「不眠如冷焰般的白菊花」，五十三朵「一笑而不復笑」曇花，甚至更有「八九百上千朵如 Wagner 合唱般波濤洶湧的牽牛花」，是一也好千百也好，花開花謝「只一次，便生生世世了」（以上出自周夢蝶《十三朵白菊花》）。

2011/08/31

花的哀愁

因爲想看看日本文學名家筆下的京都，所以鎖定了川端康成兩本以京都爲場景的小說，但我先捨《古都》而看《美麗與哀愁》是因爲又想要看看川端是如何藉由畫家的心靈、感情和創作來詮釋他心中的「美」以及人生的空寂和無常。

爲訂購《美麗與哀愁》我進博客來網站輸入此五字，竟跳出二百七十多筆書籍及商品，可見「美麗」與「哀愁」二字連鎖率（linkage）極高，如同劉黎兒在此書的導讀中說「美麗與哀愁是渾然一體的」。

我既不夠資格作文學評論又非得一定要循著作品遊遍所有的文學場景，但這本小說讓我特別注目的地方是書中兩位畫家女主角音子和慶子以及她們的作品，兩人一師一徒，但師徒間又有 lesbian 的關係，我想要「看」她們的畫，不過也只能透過川端的文字去想像。

川端在寫這本書時經常和畫家東山魁夷（Kaii Hagashiyama）討論繪畫和文學共通性，東山擅用日本古有的群青色爲基調表現出一種清澄寧靜的特有畫質，其實我並不太喜歡東山的裝飾性手法，他不畫花，多爲風景，因爲他說「風景是心的鏡子」，不知是否因爲如此他的畫多是具對稱性的實物與倒影。他與川端在表達日本美學的「物哀」和「幽玄」意識上應有許多可共鳴的地方，甚至讓川端將表現主義及超寫實主義的概念引進小說中（以上部份資訊出自網路）。不過東山清明沉靜的畫風能立即給人一種表象的心靈安慰，但讀川端的作品卻要透過他「物哀」、「物滅」的語彙去慢慢詮釋出生命的本質，這實在需要經過一番修鍊了。

音子畫的是牡丹，「在畫絹的上方只盡情地畫著一朵紅色的牡丹。那是一朵正面牡丹，花朵比真花還大。花葉很少，下方有一個白色蓓蕾。從那大得有些不自然大朵的花裡，大木看到了音子的氣度和品格。」「那大大的紅牡丹特地從深處閃著孤獨的光。」所以音子的畫可比擬 O'Keeffe 的罌粟，芳華自賞，是「物哀」。

慶子畫的是梅，「雖說是梅花，但只是畫著大小與嬰兒臉龐相仿的一朵大花，並無枝幹。而且在一朵花裡有紅白兩種花瓣。在一個紅色的花瓣中又不可思議地畫著深紅和淺紅。這朵梅花像怪異的靈魂在搖動。」畫的背景或許是「厚冰破片的重疊，……，又像是連綿的雪山」，也許都不是而是「慶子的心象」。我在想像慶子的畫是否如 Henri Rousseau 的《沉睡的吉普賽人》(Sleeping Gypsey) 或是《嘉年華的夜晚》(Carnival Evening) 一般給人一種鬼魅及「幽玄」的氛圍。

川端藉由畫中的花來表達她（他）心中的花，音子在火中見到一朵盛開的白蓮花浮現出來，在隨之而來的激情中讓她想要「現在就畫吧！不趕快畫就畫不成了。」爲何是白蓮花？也許和川端對禪佛的深刻體認有些的關連，火中的蓮花應該就是音子，就是川端自己，就是一種「物我一體」的禪機。

川端另外有一篇藉「花」討論日本美學的散文，川端在《花未眠》的開端便敘述「凌晨四點醒來，發現海棠花未眠」，川端在凌晨凝視綻放的海棠「更覺得它美極了，它盛放，含有一種哀傷的美」，所以川端即便認爲花美仍不忘強調它的哀傷，不過這「盛放與哀傷」的陡然起落仍給我很大的震懾，或許是因爲在夜間盛放的花，因無人欣賞而哀傷，顯然每個人都還是有一種不爲人知的「自我」面向，所幸川端在結尾還是說了「一朵花很美……，爲此要活下去」，我在網路上看到一篇湖北作家王立伏的評析，認爲這是「從死亡的角度去反觀生命的價值」，並且強調「生命的價值就在於體現生命過程中的綻放」。

花因爲它的美麗而有哀愁，但綻放的過程仍可以絢爛無比。

2011/09/15

卷二 宅女觀點

長年深度近視，即便雷射後仍不敵歲月的效應，
宅女看到的世界遠近皆不清而且也不一定是真的。

之一　我城異域

眼看他高樓起

我在南港研究院路二段的生活始於二十餘年前，那時往來於台大和中研院做碩士論文研究，爾後除了在美東 New Haven 的三年外，一直窩居於此。二十年裡研究院路拓寬了，研究院的大門往前位移，院區內多了許多建築物，直至 2009 年 Hi-Life 開幕把行人的動線改變了。

二十年前一如現在，每至午休時刻，學生助理便蜂湧而出到研究院路及舊莊路上覓食，彼時胡適國小旁的違章建築內賣著在歐式甜點尚未風行前的蔥花菠蘿克林姆，旁邊則是一家油水四竄的自助餐店，爾後開了一家有冷氣的水餃店，最後則夷為一片平地作為停車場。

在這附近大概除了吃食以外，沒有任何的店家可以生存，雖然各式的招牌一再更迭，但不變的是此地永遠像個北市的化外之地，甚至到現在巷弄內仍有堪稱都市奇觀的柑仔店，一家招牌已殘破的素食自助餐店亦維持十數年不變菜色，演化速度極其緩慢，慢到連達爾文也會驚訝。

但就像行星撞到了地球一般，傾刻間數十年如一日的研究路風貌即將大幅演進，建商搭起華麗眩惑的樣品屋，宣告時尚生活都會品味將移植到這塊原本紅塵不到的學術重鎮。隨著這些大樓的興建，此地的消費層次將被迫提升，而且更走向趨同化，應驗著不久前才在中時副刊上看到一篇古蒙人寫的〈天母淪亡記〉，套用他的話，「此地正在淪亡將變成一個虛幻的國度」。

後記：

初稿是三年前寫的，當時正在興建的新式住宅已近完工，夜間從研究院大門出來，乍見黑幕中的高聳宅宇正閃耀著他的金冠，何時這化外之境有了天際線（Skyline），雖然貴客尚未入住，附近的店家還未風雲變色，但肉弱強食的生態演化已在進行中了。或許中研院不甘被以後的富鄰看扁也起了新的研究大樓，我曾在大樓頂層透過成排的落地玻璃遠眺群山，若找個文案好手來描繪一下說不定比新鄰有個更好的價錢。

2010/07/14 初稿　2013/10/15 後記

城市・塵世

當全民都相信買多省多的廣告詞而湧入新光三越、太平洋SOGO、統一阪急去替他們慶祝週年慶時，我卻宅在家中看著電視新聞裡播著化粧品專櫃前令我不可置信的場景。

在家中窩久了一旦走進百貨公司，就像是掉進Scott Fitzgerald筆下Getsby式的浮華世界或塵世樂園(This Side of Paradise)。

走在誠品商場裡看著琳琅滿目的文創商品，忽然湧現出一種「有等於無」的後現代虛脫感（語出自陳永峰的〈小確幸：後現代的集體想像〉一文）。

在百貨公司精品店聚集的叢林中，有三分之二的人手上提的肩上背的包包都印著Logo，而我卻是屬於那另外的三分之一，也就是被櫃姊冷落的一群。

在捷運上幾乎所有的乘客都低頭用食指在滑動著一台可上網、可照相、可定位、可 chat 可 line 的手機，我的膝上卻仍放著一本書。

我正在家中用極簡的蔬食打發一頓時，看到報上的美食版透露著一個分子廚藝秀正在台北東區上演的訊息—「那個經過液態氮急速後如岩時般的海苔在遇見高湯便天崩地裂的流出海鮮融岩」，我想我的一餐可以不要如此驚天動地。

當人們走向 Jasons Market Place、City Super、Dean & Deluca 時，城市中便難以見到歐巴桑自種的蔬果了。

超商裡的小美冰淇淋如灰姑娘一般不敢與 Haagen Dazs、Cold Stone 平起平坐，人家可是有專「櫃」的。

何時你家旁邊的麵包店不再叫珍香、玉成、佳美，而標示著你阿嬤或你媽媽唸不出來的 SunMary、Yamazaki、Mister Donut，或是令你也爲之結舌的 Boite de bijou、Donutle muguet。

我位於城市邊陲地帶的住家附近突然豪宅四起，這些新興的大型立方體在白天炫耀著它的鎏金圖騰、鏤空雕飾、羅馬石柱，在夜晚則是秀出 LED 燈 outline 出的天際線，當然它也有著傲人的房價。

打開報紙的消費版才知道人家肩上背的鱷魚皮、水蛇皮、鴕鳥皮包包是我那台國產小車的價錢，香頸玉手上的 Cartier、Van Cleef & Arpels 比我的房子還貴。

粗茶淡飯布衣陋室被驅逐出境，舊世界正在崩解，我被迫走入一個未來之城。

後記：

最近在阮義忠《開門見山色》一書中看到他從塚本由晴《東京製造》裡摘錄了十個現代城市建築的關鍵字，我腦海中也立刻浮現了一些景象，我們的「都市生態」就是那些在陽台上淋著酸雨的枯黃植物，生活在都市叢林裡的人和車子都要坐電梯垂直上下進入三度空間，我們透過電腦網路購物，用一隻手指在 ibon 繳費買保險、在 ATM 領錢、在飲料販賣機買 diet coke，我們無需語言無需溝通在虛擬的城市／塵世中仍然活的好好的。

2010/10/27 初稿　2014/02/07 修改及後記

復古城市

我城

有時候我會喜歡一種有點復古但質感還不錯的東西，可惜我們身處的環境再也不復如此。城市的中心到處都有因都更計劃而被摧毀的舊建築，起而代之的都是堂皇華麗的豪宅及商業大樓，進駐的都是缺少親合性冷色調的店家，附以制式化的服務，而城市的周邊則是高聳的百坪住宅，它們的共同特點便是有著令人瞠目的房價和無從分別的樣式。我們的生活也因處處的 chain stores 處處的 duplicates 變的無所選擇。不論走到那裡喝的都是連鎖品牌的咖啡，「我不是在這家星巴克，就在去另一家星巴克的路上」（抄錄自潘小嫻的散文《村上春樹的三張面孔》），讓巴爾扎克（Balzac）這個「嗜」咖啡如命的法國大文豪也料想不到二十一世紀的台北人只能來去在星巴克之間。

京都

我不禁懷念京都，那一個有 vintage 氣息的城市，走在京都的民宅巷弄間，看到高高低低的牆頭探出一株紫藤、一株軟枝黃蟬，院中或許還有一株茶花或紫陽，牆面是低調質樸的洗石子或清水灰泥，甚至嵌以木造門窗，牆上偶見古樸或具有特殊意喻的家徽圖騰裝飾，現代的創意偶爾也融進有些歲月痕跡的廊燈信箱捲簾小物中。質樸的小街也有成排的商店，老夫婦開的咖啡早餐店賣的是香醇的手沖咖啡，櫥窗裡陳列的小食就像在 SOGO 新光三越食品街看到的一般，絲毫不因這些四五十年的老房舍而減損它的質感。京都人的每日生活就從這裡開始，也許工作的壓力仍可能把他們折騰的身心疲累，但生活還是可以在這裡安然結束，讓塵囂沒入一盅碧綠淨雅的茶湯中，這是有人性的城市生活。

柏林

相對於京都還有另一種再造的城市，那便是徹底摧毀後重生的柏林，現在整個城市中充滿了原創的經典建築和修復的殘骸古蹟。德國人在重建柏林時保留了戰火摧殘後的歷史痕跡，同時也把他們先進的科技和精準的工藝融入，建立一個有社會生活功能又能放眼未來有永續價值的城市。在面對歷史時他們必須隱忍自己的傷痛而對世人坦承及負擔過去的錯誤，所以柏林圍牆就顯得比較蒼涼低調，猶太人紀念廣場確能讓人無比的撼動，在那片接近二萬平方公尺的起伏土地上，高高低低的石碑安靜的豎立著，即使我對於西方的歷史缺乏深刻的感情和瞭解，但坐在石碑之間卻能深深體會到這種跨越種族的歷史憂傷。或許在面對這些令人無解的歷史情結時，只有坐在重建後的凱撒威罕（Kaiser-Wilhelm）教堂內，昂首看著整面的天窗，感受穿越過藍磚玻璃的氤氳天光所帶給人的寧靜氣氛，才能舒解憂傷的情緒吧！

再回首我城

我們的城市既少了 vintage 的生活品味，又四處都是 duplicate 的建築，也許這就是我們獨特（unique）的地方吧！比較遺憾的是許多新建案配以毫無地域人文屬性的名字（例如什麼大帝、什麼堡），許多建商僱人在車道上發放廣告或是拿著看板站在街口，這種工作簡直是枉顧顧工的安全及行動權益，要是有一天我需要以此掙食，請給我一把玉蘭花或夜來香，我寧願伴著花香自由的遊走（當然不是在車道間），莫讓我當一只會呼吸的柱子。另外，最近常在愛樂電台聽到一個建商的廣告說他們設計的住家「大氣磅礡」讓你回家有「君臨天下」的感覺，這真是令我不解，我希望回到家便能舒服的窩在椅子上看書、上網、喝咖啡，享受這些非一國之君便可擁有的小確幸，何需繼續坐鎮在宮殿的寶座裡。

望一眼我城再望一眼自己，相信大部份的人應該都有一套安身立命的哲學、融會貫通的本領，既然生活在二十一世紀的台北就隨著時代進化吧！進化不成就作個城市古董也無妨。

2011/10/14

之二 非年非節

清境冷霧

每到過年便是我大逃亡的日子，曾坐在普吉島海邊飯店的無人沙灘上，凝望著地平線盡端的海洋沉思，也曾在尼泊爾三千公尺的高山上，裹上身邊所有的保暖衣物，在寒夜裡端著電腦就著一盞微弱的燈光寫我的學術論文。女兒唸高二的那年，我不方便出國，因此，藉口說要陪她找個清靜的地方唸書，和她兩人在初一清早沿著北二高駛向中台灣的山上。其實我只是想拋離年節的枷鎖，便用了牽強的理由出走，我的動機是自私的，幸而先生還能理解，甚至縱容我的放逐。

我和女兒於中午時分抵達埔里，隨後便依循地圖入山，我們在清境入住一家名字俗不可奈的旅店，隨後便前往農場。很感慨我們許多旅遊景點雖然有著大自然賦予的背景，但前景卻永遠是似曾相識的粗糙主題。此處有個做爲文明指標的Starbucks，農場實在不甚了了，我們隨著遊人走了一圈就覺得了無意趣。傍晚時大霧降下至伸手不見五指的地步，所以晚上只好和女兒困守在濕冷的旅店，突然後悔自己的執迷，不知所爲何來。次日我們往合歡山方向開了一段便意興闌珊的折返，甚至決定提前下山返家擺脫清境的冷霧，但又遇上過年長假的車潮，甚至到了午夜時我們仍在北二高上緩慢前行，返家後不禁懊悔自己的一意孤行及愚蠢的規劃，終究還是家有溫暖。

2010/07/13

在宅過年

我此宅女畏懼過年，過去連續幾年的春節都避走他方，而今年卻是在宅過年，理由之一是要打包家當在春節過後搬家。

既是過年便要對待自己輕鬆一點，所以事先在博客來買了五本書，其中二本是以食物和愛情爲經緯的小說，二本以人文、藝術和城市爲主題的散文，以及一本關於高更（**Paul Gaugain**）的書（因他的畫展在即）。極少看電影的我也租了二個國片《秋天的藍調》和《那年夏天的浪聲》及一德國片《當櫻花盛開》，最後意外發現這三部都難得的合於我的脾胃。

我雖未聽過《當櫻花盛開》這一部電影，可是看到它以櫻花爲名便忍不住將它從架子上抽下，在初一的夜半時分獨自看完。根據網路上的影評，這部電影有日本導演小津安二郎的氣味，我看完後發現這個偏好小津的德國女導演用日本舞踏（**Butoh**）反應出女主角杜莉在平凡生活中對心靈層次的追求，「舞踏」用「白面」否定了舞者的形體及表象，如同舞者優 (You) 所言「不是我在跳舞而是影子在跳」，舞踏也讓舞者只專注於心靈及意念的表現，如同杜莉喜愛吟詩一般。導演再用「花見」(Hanami) 強調人生雖短但應絢爛如櫻花一般，男主角魯迪替過世的妻子前往日本「看」富士山，但陰霾的天氣使山隱沒多日，他耐心的等候著，終於在一雲霧消散的清朗早晨見到他心中仰望已久的「山」，不過第一眼映入眼簾的不是真正的「山」而是水中的倒影，我想導演又再一次的否定主體，用「影子」譬喻人生的幻化 (transient) 無常，這部電影讓我在夜深寧靜時刻看得感慨萬千。

我除了長假或長程旅行外幾乎不會去買小說，我這次買的兩本暢銷的小說《蝸牛食堂》和《巧克力情人》分別是日本和墨西哥作家寫的，在我看完後也只有那種給高國中生看的感覺，實在沒有網路書店的推薦文寫得那麼精采。那本墨西哥的小說是以拉丁美洲文學貫用的魔幻寫實手法表現，將墨西哥料理和數個愛情故事像印地安人的髮編一般交錯在一起，並用誇張的想像衍生出文字。不過在閱讀的當下墨西哥香料的氣味把我拉回了在 Yale 的三年時光，那時我和朋友常光顧一家頗有歷史及名氣的墨西哥素食餐廳 Claire's Corner Copia，雖然那裡超大的 Cheese Burrito 和濃郁的起司實在不是我能胃納的，但櫃內的熟食便如書中的描述，包括玉米薄餅 tortillas、墨西哥粽子 tamales、佐以各式辣椒 jalapano、 ancho chilli，serrano 的菜餚，甚至是填滿了起司蕃茄豆泥的 poblano，還有上帝特別賞賜給墨西哥人的巧克力，食物的色彩和香味都炫惑無比，印地安人的巫術也藉著他們的靈魂食物迷惑了我，而這本書更給了我意外的回「味」。

宅假期結束了，除了看一些學術文章外，共看了五本書、三部影片、打包的紙箱填滿了整個客廳，並爲潛舍添購一些家用新品，最後一件事便是又上博客來訂了三本書以免斷糧。

2011/02/10

非終非始

去年年終之日在 101 Market Place 買了一盒 Is Taiwan Is Chocolate 的松露巧克力，巧克力在冰箱內跨入了 101 年，眼看著它又要伴隨我度過農曆新年了。巧克力不知我們有兩個新年，在兩個新年之間正是全世界的歲初而中國人的歲末之際，我不禁疑惑這段時間究竟是終還是始（Is End Is Beginning？），很像巧克力的名字吧！

到了子夜時分，我們在濳舍門外與一群社區居民稟息等待 101 的跨年煙火表演，這是我生平第一場親睹由 101 高塔綻放的煙火，但未料這竟是最後的一次，就在數日前，建商在濳舍門前山坡下埋下地樁，一座巨獸將隨著傑克的魔豆往上爬，我們不再有遠眺 101 的權利，據說這個巷尾也不再是 end，而是一個 transit station（轉運站），因爲新起的大樓要在這條「死巷」末端開設大門，以後將有川流不息的人車路過濳舍，建商荷包中飽，而我們才剛開始（begin）寧靜生活卻將莫名的被迫終結（end）。

歲末看了一本以「告別式」爲名的散文[1]，書上有編輯爲書加的註解「倒數跨年不過像是年復一年的告別式」，啊！原來我們在家門前觀看的一場璀璨煙火秀不過是參加了一場告別式而已，是的！告別我們寧靜的生活。

年初又看了一本以「monstrosity」爲名的散文[2]，monstrosity 是怪咖、另類、違反既有體制的人。每到年節便是我怪咖症狀發作的時刻，我一想到被迫參加無聊的聚餐宴會，以及必須不斷拆開和重新分配一堆無甚大用的年節禮品時，我就咆哮抓狂近乎失眠，真期望能有一個寂寞星球（lonely planet）讓我暫時棲身，等待我如瘧疾般發作的怪咖症狀消失，也等待這段「非終非始」的怪獸時光離去。

2012/01/17

---

1. 張家瑜著《告別式從明天開始》
2. 周芬伶著《雜種》

新年關鍵詞

辦年貨

過年前的某一個深夜去了一趟不打烊的大賣場，一方面看熱鬧一方面買點存貨以應付即將休市的市場，不過最後在推車上也僅有一點蔬果、組合湯包和冷凍水餃而已，最後在超市門口抓了一小袋秤重計價的零食，也許你認爲這不像過年而像避難，也許吧！過年之於我便如同災難。另外我的必備年貨是書，所以趁早已上了博客來訂購，以應付冗長的年假。

年獸

年節禮盒之於我就如年獸一般，先生爲減少家庭風暴，已學會把他在辦公室收到的儘量轉送出去，但在過年前的兩三週快遞送貨員仍頻按門鈴，讓我在不斷的拆解及分送禮盒時又忍不住埋怨，甚至血壓攀升（想像的），而且這兩年的情況越演越烈幾乎變成家中的風暴（我就是那個暴風的低氣壓中心）。我真期望能有一種「宅配不落地」的業務，當收到禮品時我可以立刻換個收件人貼紙再送走，也許禮盒要感嘆「何處是我家？」，但我更尤衷期望「年獸不再來」。

太歲

同事提醒我今年是我的本命年，爲求研究論文發表不輟，最好去安個太歲，爲了這句話中兩個令我不解的關鍵詞，我google了一下，原來「本命年」透露了我的歲數爲十二的倍數，而「太歲」則是古代虛擬的一顆行星，它與木星位置相對但是運行方向相反，爲何選上木星，原來木星公轉一周費時約十二年，莫怪我們子丑寅卯十二地支是如此而來的，真是有學問。

年夜飯

在幾乎所有討論罕見遺傳疾病的研究論文中，第一句話便要說明此病的顯隱性以及它出現的頻率是數萬還是數十萬分之一。我有一種非典型的厭食症(anorexia)，其中的病癥之一便是害怕在大圓桌吃飯或參加無意義的聚餐，像我這樣的人應該也是十來萬個才有一個吧！不過年夜飯是找不到理由叛逃的，幸而婆叔姑嬸寬厚仁慈，多年來一直包容我這個外星媳婦，讓我不用在廚房動手又能在餐桌上快速離席，找個角落繼續看書。

拜年

朋友親戚相聚是好事，但我一直不解爲何絕大多數的聚會都要在餐桌上，我厭惡杯盤狼藉鄙視腦滿腸肥，更害怕言不及義的交談，所以我總是對飯局這類事避之爲恐不及。今年終於和一對好友夫婦約在Starbucks見面，一杯咖啡一杯茶談興依舊。

走春

在多日濕冷陰霾後個終於有個放晴的下午，和先生春遊至台大農場，沒想到這裡已是一個遊人如織的觀光景點，不過有多少遊客能像我們一樣，可以懷念在這裡種玉米孵洋菇煮水餃吃湯圓的日子呢？

春櫻

最近幾年「賞櫻」變成春天的全民運動，也是熱門的網路關鍵字，在這我們搬進潛舍的第一個新年，我就領教了巷內鄰舍十里紅櫻應春風（改自陸游詩）的壯觀景象了，無耐我們院中唯一一株瘦骨嶙峋的梅樹卻仍毫無動靜，不願施捨我一片嫣紅。不過心裡才剛抱怨完，隔日便發現梅枝上一抹粉色，唉！顯見梅樹有靈，現在縱使鄰家三千緋紅，尙且不及吾家初開一朵鮮（改自袁枚〈桃樹〉）。

終於結束

細數在九天年假裡所做的事，除了睡掉的45個小時外，剩下的七天我繼續寫我的學術論文，看完二本散文及半本 queer 小說，我只看半本的原因是因爲它的內容比太宰治的更頹廢更孤獨所以我決定暫時擱置一旁，看了兩部女性電影，一部是多年前張艾嘉執導的《20、30、40》，另一部是小泉德宏的《花戀物語》，一中一日，但兩者同時描繪出不同時空的女子群像，有異曲同工之趣。每日晨起例行在跑步機上跑步，九天跑了42公里，如以台北車站爲起點我正好跑到了桃園機場，而且比高鐵的捷運工程處更先行抵達。漫漫長假終於結束，幸而沒有全數虛擲。

2012/02/07

世界末日後的新年

就在十三年前的此刻，地球上的人類還熱熱鬧鬧的各出招數準備要迎接千禧年的到來，如今一轉眼木星在千禧年後已繞著太陽轉了一圈又多了一點點，而且地球人還渡過了瑪雅曆所預測的世界末日，這似乎值得慶賀一番。

不過年復一年的「過年」對我來說簡直是夢魘，中國人的年似乎又特別長（在我看來真是歹戲一場），早從 Christmas 開始大家就在等待著一個有 101 跨年煙火大秀的西洋年，午夜一至，煙花消散歌聲歇止，地上拿著螢光棒的蟻群剎時間便鑽進地底隧道倉遑逃難而去。但這只是序曲，好戲還在後面，飯店超商開始打出年菜預購的廣告，電視報章雜誌的記者在旁推波助瀾順便先替你試吃（你吃要錢，他吃可能就不要吧！），街頭巷尾充滿了膽固醇和卡路里，超市大賣場則擺滿了年節商品，鮑參翅肚在殺戮戰場中被犧牲，安息在俗麗艷紅的禮盒內。百貨公司充斥著魔音穿腦的新年音樂，誘人的折扣正拐騙你的荷包。再來還有一種叫做尾牙的東西，讓你在還沒有吃到過年大菜前先吃些開胃菜，這段期間媒體只要牢牢的釘著人家的餐桌、舞台、抽獎箱和薪水袋就不怕沒新聞開天窗了，雖說是開胃菜但我眼前就有人可以吃整整一個月，甚至一晚數攤，讓我此宅女爲之瞠目結舌。在一新一舊（或說一西一中）的兩個 New Year 中間，禮盒也是我惡夢的主角之一，就像近日墜落在俄羅斯烏拉山的隕石雨一般，讓我不但無處可躲被砸傷了不說，還得負傷清理這些無端飛來的石塊。

過年顯然是一種感官的折磨，過年期間我本無意打開電視，但和家人在一起的同時難免瞥視了一些，我們平日的新聞本來就和娛樂美食節目無分軒輊，此時此刻更是理所當然，在極端無聊的空檔之餘就連某家餐廳裡的小強趁過年出來打牙祭也能被大作文章，另外再充塞一些 you tube 裡上演的貓狗秀應景，媒體名嘴則在談話型節目中毒蛇吐信以達娛樂效果，我實在覺得這些節目的製作人應該趁過年好好「進補」一下自己的腦袋，以便來年製造一些像樣的東西挽救嚴重貧血的節目。

每年過年前我總要在誠品或博客來先備好存糧，然後隱匿家中無視於外面如何人馬雜沓（君可見 243 萬人湧進高雄的一處佛山？），我除了繼續寫研究計劃外（當然以過年爲藉口，用比較 casual 的方式寫），在過了九分之八的年假裡把過年前買的七本書看完了五又四分之三本，巧合的是在一本簇新的散文集裡有一篇〈過年〉，裡面寫著「年也許真是一頭可怕的怪獸」[1]（我還真懷疑作者是否看到我去年的部落格呢！另外在一本稍早看過的散文裡，作者亦描述她害怕回老家過年，她只想求清靜無為不求與俗世妥協[2]），顯然世上還有像我一樣對過年冷感的另類存在，不知是否可有一處怪咖集中營，提供清簡食宿無線上網的環境，讓躲避年禍的人能清心自在的「過年」。

2013/02/26

1. 徐國能《綠櫻桃》
2. 黎紫書《暫停鍵》

之三 無屆世界

宅女的e世界

我是「i」

2011年Steve Jobs辭世時，各式媒體報章雜誌不斷的在討論「i」產品，我看了張瑞雄教授在中時副刊的一篇短文在敘述網路世界的快速演化，我想每一個世代都有自己獨特的蘋果和網路經驗。我自己從二十餘年的盤古級Macintosh開始用起，一路走來始終如一，雖然忠誠度極高而且不可一日無iMac，但手上一支曾祖母級的iPhone也撐了好幾年直到2013年的暑假才鞠躬下台。對於iPad也覺得可有可無，沒有跟上時代最frontier的腳步。至於網路，雖然每天必定e-mail，google，pubmed（生物醫學期刊搜尋），甚至也經營了一個人跡罕至的部落格，但卻未曾種花種菜養寵物更別說在三國中與群雄交戰，在天國中挖金挖寶了，所以我也只能算是個被「半e化」的原始人而已。

生活密碼

我不是達文西，但我的電腦裡存有一份數頁之長的帳號密碼，裡面最大宗的是就爲了專業期刊投稿或審查用的，其次是向學術機構申請計劃用的，當然還有金融卡、信用卡、3C產品的各種號碼，最後還有一串網路購物用的，我雖不是個宅女購物狂，但幾家網路書店是絕對少不了的，另外我一向懼怕和化妝品專櫃小姐打交道，所以上網賣保養品也成了必需。即使我沒患失憶症，這份清單仍然萬萬不可遺失，因爲我所有賴以爲生的「密碼」全都在裡面，君應知現世生活(modern life) 之生存大不易！

不要叫我非死不可

我和社群網站的膚淺因緣是開始於 2009 年（好像是中古世紀的事了），因爲在美國 sabbatical（學術休假）需要與實驗室及家人聯絡，便申請了 MSN、skype 和 facebook 帳號，回台灣後便未再使用，最近因爲女兒在外唸書的關係我又再度打開 facebook，天啊！一長串的名字和我建立了莫名其妙的「關係」，我被迫掉入一個 social network 內，裡面有許多未曾連絡的同學、一面或數面之緣的人、朋友的朋友，甚至是未曾聽聞過的人物都邀我加入，真讓我莫名惶恐，再加上我「不小心」窺見了一些我不用知道也不想知道的「隱私」，讓我一直對 facebook 敬而遠之。到了 2013 年微軟的 MSN 作古了，甚至我與世界溝通的小站也被迫搬離即將關門的 yahoo 部落格，雖然風雲變色，我仍頑強的抵抗 facebook。

其實我是一個既自閉又有潔癖的人，常常可以宅在家中或辦公室中一天不說話（但這並不妨礙我的工作以及對外面世界的瞭解）。或許我也不算是什麼異類，德國作家馬丁瓦爾澤 (Martin Walse) 不也是個「只跟自己打交道，不跟社會打交道」的人麼嗎？唉！對於網路這樣一個 virtual community，我想我還是隱身起來多活幾年比較好，不想得個簡訊焦慮症後群，更不要叫我非死不可 (facebook)。

「i」的無限想像

校稿之時正逢 Apple Watch 上市，今日有了 Google Glass、Apple Watch，明天就會有 iMouth，它會在早上給你一顆維他命，你若病了它就定時餵湯餵藥，對於想減肥的人，它會幫你計算卡路里，超量了就提醒你閉嘴。你穿上 iFeet 上班便不會遲到，到了辦公室戴上 iHand 書寫打字（做實驗），開會的時候在手臂上貼一片有類神經網路的 iBrain 晶片，讓它適時幫你出點子，如果你還被老闆「電」，那就裝個升级版的 iSmart，它可以幫你「駭」到你老闆的腦袋。更甚者有一天我們就生存在電腦創造的雲端世界 (cloud world)，被大數據 (big data) 包圍被演算法 (algorithms) 駕馭。不過寫歸寫，我還是先學會好好用我的 iPhone 再說。

2011/10/18 初稿　2014/09/12 增補

宅女之3C旅行

古人出一趟遠門要備齊車馬衣裘，現代人出門則是得有3C，我的3C自然是MacBook Air (computer)、iPhone (communication)和一個Panasonic相機（consumer electronic)，有時再加個沒多少用處的 iPad。除了本尊外還不能忘記各自的附件，像是充電線、網路線（不是每個地方都有無線網路的！）、USB傳輸線、記憶卡讀卡機，有時再帶一副耳機，倒不是真的爲了聽音樂而是用音樂隔絕旅行中不預期的噪音。深怕這些傢伙在旅行中吃不飽沒體力還得帶個充電器，如果去個奇怪的地方更少不了一個萬用轉接頭。Are you ready to go？

3C的奇幻世界已是我老宅女不太能想像的了，當我還在用衛星導航系統開車時我女兒已用手機上的 Google map了。現在或是立即的未來只要戴上 Google 眼鏡就可以靠語音指示走路開車看新聞看電影，再配上擴增實境（augmented reality）的技術後，你看到的世界就不再是真實（real）的世界了。不過我建議 Google 應該和 Gucci 合作一下，免得貴婦不買不戴。不過這只是宅女的現在進行式，至於未來式—應該是個無線 (wireless) 也無限 (limitless) 的世界吧！

2013/10/10

書店迷航

由於靠著博客來半盲式的買書已好一陣子了，覺得應該利用冬雨稍歇冷氣團尚未蒞臨（根據通常不太準的氣象預報）之際，趕快去一趟離家最近的實體書店補充藏書，不用說當然是誠品（誠品不是已變成書店的 7-11 了嗎？誰家不是離誠品很近？）。

在一個週末書店開門未幾之時便鑽了進去，我的第一個小時僅在新書區逗留，即便我刻意略過政治財經、勵志說教、驚悚科幻的領空，我仍然像進入百慕達三角洲一樣，完全失去了閱讀的航向方位，書似乎變成了一種「資本主義式」的消費商品，用各種怪異的形式誘惑你，各式的開本裝幀書腰書衣早已不稀奇，規規矩矩的裁邊也非必要，手工紙再生紙、線裝毛邊、手繪手書再加條緞帶捆線，琳瑯滿目，讓你以爲走進了創意設計大展，不知哪一天 3D 列印的封面就會讓書「立體」起來，要如何陳列這些書可能才是書店老闆的煩惱。

放眼所及，雖然不乏內容豐富寫作嚴謹或尚有可讀性的書，但淺薄如 OBS（歐巴桑）的聊天及雜碎的錄像記憶更形氾濫，彷彿拿支筆或一台相機手機電腦就可書寫成書。當我在面對知識性的著作前，我爲我的弱智感到羞愧，天文地理、古往今來、經史子集……我不知如何吞納眼前的各類資訊，但一轉首又不知該垂涎還是該厭惡已成爲當今顯學的飲食類書籍，出版社似乎以爲所有讀者的腦子裡裝的都是胃液，我突然有一種無法消化想嘔吐的感覺，於是決定逃離現場。

我的第二個小時便在各種分類書籍的層架上消磨掉了，在書肆的巨塔裡幾經取捨最後買的竟都是兩、三年前甚至十五年前出版的書，不知道這是不是老化的象徵？一場書店的迷航足以讓我昏眩，沒想到我的閱讀體質竟如此虛弱，無法面對數大繽紛的文字和眩目的「似書非書」，真令我感慨二十一世紀的讀書人難爲。

2011/11/21

徐志摩漫步雲端

數日前看了兩則關於資訊科技的文章和報導，其一是周文哲的〈數如此之大〉，其二是百度對雲端技術的新投資計劃，這兩篇的內涵實際上已超越我簡單的腦袋所能理解和想像的範圍了。

究竟「數大」美不美？

我先回顧了徐志摩在西湖記中所提到的「數大便是美」，在文章中他認爲數量大之後便會美的東西包括「可數」的綿羊、飛禽、竹林，以及「不可數」的雲海、波浪。「資訊」顯然是個不可數的名詞，在周文哲的文章中提到目前每天在各種互聯網中不斷的爆發（burst）出來的大量資訊，已非辛棄疾的「東風夜放花千樹」可及。非死不可（Facebook）上每天有數十億條內容，雅虎（yahoo）每天的分析超過 **200 PB** 位元組，**200 PB** 者即2後面排了17個零。人類用0和1創造出即便是數年前的我們都不能想像的虛擬大千世界，現在的「雲端技術」（當然我是外行中的外行）就是在收集各種數據後，經由運算分析建構出各種專業領域所需要的資訊，它理所當然的嘉惠了我們做研究的人，同時也能讓婦孺匹夫掛在電腦前流連忘返，修練成網路國度的宅男剩女。

其實只要約略想一下，我們極容易發現網路資訊無遠弗屆的力量，我們吃喝拉撒什麼都可以google一下，我昨日上網查看新井一二三新出的日本詞彙書，網路書店立刻舉一反三建議我再買一本《日本山櫻花與島國魂》，讓我可以由不同的面向更瞭解日本，電腦不僅在偷窺你的心事，甚至還可用個人雲端儲存(personal cloud storage)幫你記錄你的一切，由生到死鉅細靡遺，讓你就算得了阿茲海默症也不怕了，不久後電腦還可藉由分析腦波頻率駭進你的腦袋，知道你此刻是否想吃一塊巧克力，比利時的還是瑞士的？85% Dark 還是蘭姆酒心的？不過當電腦替你做了全紀錄甚至閱讀你思維後，你就只能赤裸的面對你的人生，想想有點恐怖也有點悲哀吧！

徐志摩如果活在今世不知是否能漫步雲端歌頌數大是美，辜且不論數大究竟美不美？但無疑的我有「數大焦慮症」和「資訊症候群」而且不時的隱隱發作，面對Android、Galaxy和無數種的APP，我忽然覺得《老派生活之必要》（借用李維菁的書名）。

2012/09/12

書店的演化史

書有「店」

第一次認識的書店是在中壢大街上那有著文具、漫畫、參考書和一些零星藝文書的商店，之後到了台北唸書後，從學校大門出來經過總統府再筆直向前的一條馬路上林立著無限多的書店，那時它們全都有著三面靠牆頂天立地排列的書，中間則都充塞著略低於視線的成排書櫃。我不知有多少下課後的時光是在那裡磨蹭掉了，那還是個看存在主義的年代。二十年餘前誠品出現，書店裡有了不一樣的排列和顏色，有了創意的文案，有了咖啡香，有了叫做「時尚品味」的元素，後來城市裡變得此也誠品彼也誠品。

二手書

很久很久以前二手書店和牯嶺街及光華商場是畫上等號的，我雖未去過但從雜誌照片上總看過那種天上地下堆滿了舊書的景象，近年二手書店開始有了自己的獨樹一幟的風格而且也突然變得很夯。我曾慕名去過巴黎的 Shakespeare，在二樓那台堪稱古董的鋼琴旁，聆聽書迷書癡的隨手彈奏，也曾在倫敦泰晤士河畔巷弄裡的二手書店閒逛半日，每次回到 Yale 也要再去 Chapel 街上那個兼賣蔬食的 Book Trader Café 尋覓一番。除此而外，因爲參加學術會議的關係也去過許許多多大學，牛津、東京、西雅圖、威斯康辛的麥迪遜，每到一地便去尋覓它附近的二手書店。去陽明大學上課時必定要走一趟立農街上的舊書店，有幸的話還能喝到一杯主人親手煮的哥倫比亞。二手書店沒有人潮，有舊書的氣味，在靜謐的氛圍中更能體會閱讀的喜悅。

書無「紙」

上個世紀末，書店開始萎縮在十一吋或十四吋的螢幕中，在國外時我用 Amazon，在國內我用博客來，網上訂購超商取書，無需再在去書店。不僅書店死了，「書」也死了，當 Mega Reader 和 Google Books 讓我們在方寸之間輕易的擁有一座上百萬冊書籍的圖書館，「書」便消失了，我們不再需要翻頁，只需滑動食指，我們的觸感變成一種「沒有觸及的觸及」（引用自葉輝《味但書》），以往收集的書簽找不到新的書（宿）主，更糟的是我不能把我的藏書印蓋在 iPad 上。當我還在猶豫我的閱讀是否會跟著進化時，已看到 Borders 因不敵虛擬書市而倒閉的消息，想到以前每次去紐約的中央公園必到 Columbus Circle 的

Borders 翻翻書，喝杯咖啡，現在只能徒留回憶與感慨了。

後記：

今年過年期間我下載了白先勇和張愛玲的舊書到 iPad 上想趁空檔重看一遍，雖然「紙質」排版都可自訂，我也真的看了一些，但我的感覺就像是在電視螢幕上看 Garfield（加菲貓）一樣，少了看完四格漫畫後的會心一笑，少了 Garfield 和你的繼續對話。幸而我不是二十一世紀唯一的原始人，連 Facebook 營運長 Sheryl Sandberg 都承認比較喜歡紙質書，甚至隨身帶着筆記簿（古時候真正的 notebook）用筆來記東西，她知道這種方式在 Facebook 公司內無異於拿著「石板和鑿子」，至於她為何不用 iPad 的手寫筆記軟體我不清楚，不過既有如此的名人為後盾，我還是安心的繼續鑽木取火吧！

2011/03/22 初稿 2013/05/11 後記

跑步機上的閱讀進化

不敢自比村上春樹，但我也跑步，我跑步是沒有風景的，當然也沒有風阻的，因爲我是在自家的橢圓訓練機（elliptical trainer）踏板上讓下肢做三四十分鐘的有氧運動，雖說如此，但也足以汗溼衣襟，十五年來它幾乎是我每日清晨的例行工作，不分晴雨。

其實剛開始的幾年我是一家連鎖健身中心的會員，每隔一日去晨游或到健身房內作不同的有氧或肌力訓練，後來發現在橢圓訓練機上可以看書，因此便開始了這項結合運動和閱讀的習慣，一到健身房我會先在閱覽室挑一本雜誌，只要不是八卦的什麼都好，後來變成自己帶一本書去，然後讓上網訂書，超商取書，跑步機上看書變成了一種規律，不過相對的減少了下水的機會，後來竟變成好漢只提當年「勇」（泳）了。有一天連鎖健身房倒閉，我只好買了一部橢圓機移師家中練功，多年下來也看了半面牆的書，不過 Diaz Cameron 的教練曾警告說如此看書會讓熱量的消耗減少 25%，也就是說有四分之一的時間是白跑了。

在iPad還未風行前家中買了一台攜帶式的DVD放映機，我曾想用它一面跑步一面看《她從海上來》，這是一部渴望已久但一直無暇看的張愛玲傳記，可惜我對電視電影的耐心只足以讓我持續到第三集，我又撿拾回未讀完的書了。後來有了iPad我便練習可以在跑步機上用一根指頭上網漫遊，搜尋各式資訊、看電子書、電子雜誌，可惜數日後我還是沒有進化成功，我仍習慣紙張的手感，喜歡書中不同的字體和排版的風格，喜歡時而25開時而32開的版本，喜歡不同的書腰及書腰上highlight的文字，喜歡各處收集來的書簽。

顯然進化是緩慢的。

後記：

在我寫了這篇小文之後，正好看到政大應用物理研究所郭教授在中時的文章〈在2051年的書吧〉，他也寫到電子書「……人類DNA卻不會進化得那麼快，紙本的觸感和書城的氛圍依舊帶給我們無可取代的安心感」，感謝他給了我藉口，讓我欣慰我的緩慢進化不是因為我的DNA defect（基因缺陷）。

2011/02/22 初稿 2014年初 後記

之四　不是科學

雙螺旋之後

前言：

諾貝爾生理醫學獎得主暨分子生物學教父 James Watson 博士在 2010 年四月初應溫世仁文教基金會及中央研究院之邀來台訪問。我以聽其演講之心得為題寫了一篇文章登在永信醫藥基金會刊物上，內容必然要有點「學術」，語氣也有點「八股」，這實非我平日為文的風格，不過以此證明我至少是半個「科學人」。

Watson 的成功啟示

發現 DNA 結構的諾貝爾生理醫學獎得主 James Watson 於日前受邀來台，如我所知，他總是以旋風般魄力十足的姿態演講，並以一貫笑談科學的方式傳達了成功的要訣，諸如研究要及早開始並且速度要快，要與聰明才智相當或超越自己的人合作，不要獨自去解決問題，要與競爭的對手討論，甚至要擅於交際、掌握人脈，但在這些早已公諸於各式平面媒體的字句背後，他也另外提到了一些值得我們深思的建言，例如要做有前瞻性的而非已成流行的研究，在選擇自己有興趣的題目後要終日不懈 (work all the time) 的去努力，對於研究則要終身以進取 (aggressive) 的精神向前，並保持熱誠與幹勁，不要人云亦云 (making consensus with others)，因爲研究一旦有了「共識」的答案後往往會無法再有突破。最後他以一幀他在冷泉港實驗室散步的照片做了「walk the grounds」的結語，如果我把它解讀成「腳踏實地」不知能否合他的心意。

Crick 的真心忠告

縱使 Watson 的著作《The Double Helix》以玩事不恭的姿態風靡科學界四十餘年，在他過度傲慢與自信的故事背後仍埋藏了一些故事，Francis Crick 便曾說除了 Jim 之外沒有人將發現 DNA 視爲競賽，其實在科學發現的過程中，每個人或團隊不僅需付出極大的努力亦需仰賴他人所累積的知識，這是遠超過一般人所能瞭解的，只有我們做研究的人能深知這個事實，體會其中的況味。若非靠著 Erwin Chargaff 對 DNA 化學的成份分析以及 Rosalind Franklin 的 X 光繞射圖譜，DNA 的雙螺旋結構或許還要假以一段時日才能曝光，甚至在此之後 Maurice Wilkins 亦花了七年的時間修正雙螺旋中醣分子的角度，以使鹼基的配對在結構上能更爲完美，可見任何支微末節的知識都需要靠眾人的心血才能累積起來，我們可以說是 Watson 和 Crick 的智慧與靈感以及眾多科學家的默默耕耘才建構出今日閃耀著光芒的雙螺旋。

雙螺旋之後

在DNA的結構被揭露之後，Francis Crick與Sydney Brenner繼續致力於瞭解遺傳密碼如何被翻譯成蛋白質的語言，在數十年之間，分子生物學的發展如同一場知識的Big Bang，轟然的開創了一個新的宇宙，也爲生物學、化學、遺傳學搭建了一個橋梁。Watson於二十世紀末主導人類基因體組的定序，讓我們得以解讀出埋藏在生物體中三十億年的天書。時至今日我們瞭解到DNA這個雙螺旋不僅攜帶了控制生物活動的一切資訊，它上面的各式化學修飾對於維持細胞正常功能以及主導胚胎發育也相當重要，這些修飾甚至隱藏了遺傳印記（imprinting）以及預示了疾病的發生，月前這種新興的表觀遺傳學（epigenetics）亦受到相當大的注目。除此而外，DNA與蛋白間的共舞更使得基因在啓闔（on and off）之間控制了複雜生命現象。相信DNA的雙螺旋仍埋藏著無數的秘密等待我們去發掘。

後記：

再看這篇的末段時發現它太「過時」了，兩三年內DNA的資訊是以一日千里的速度在成長，我想我無需修改，因為任何今日的文字都將變成明日的古董。

2010/07/14 初稿 2014 後記

古人的物理課

隨意讀隨意想，以古喻今·聲東擊西，寫了以下有點不倫不類的小文[1]。

「人生幾何？譬如朝露」（曹操）

曾經在紐約的自然歷史博物館看到暴龍的骨架，恐龍又如何？雖曾叱吒在地球上超過一億六千萬年，終究逃不過白堊紀的大滅絕。恐龍之於宇宙天地一如蜉蝣，不過朝生夕死。巨如恒星者也可能被比它質量更大的黑洞所吸入而粉碎，蘇軾的滄海一粟於螻蟻、於人、於日月萬物皆然。

「夫天地者、萬物之逆旅。光陰者、百代之過客。」（李白）

在十七萬年前的地球冰河期，遙遠的南方天空裡有一團稱爲大麥哲倫 (Large Magellanic) 的星雲悄悄的誕生，它雖未驚動到當時的人類祖先 Archaic Homo sapiens，但它的光在靜謐的宇宙中旅行了十七萬年才被現代的人類看到，至於我們看到它時它是否還存在又是個未知數？

「化育萬物，不可為象」（莊子）

最近歐洲量子物理學者用對撞加速器發現 Xi_b 重子 (baryon)，這個由夸克 (quark) 組成的粒子是物質的基本構造，雖存在的時間極短，但它留下的印記 (imprint) 使它瞬時的存在能被人類偵測紀錄下來。二千四百年前莊子的刻意篇裡即有「物質無象」之說，也許我們都有些後知後覺了。

「其生若浮、其死若休」（莊子）

世事無常，浮生若夢，生死可淡然。但渺如次原子者在瞬間存在後留下足跡 (trace)，或巨如星體者在爆炸後留下光芒，死亦可燦爛。

「見微知萌」[2]

韓非子云「聖人見微以知萌，見端以知末。」

不知他可知二十一世紀初有人用共軛焦顯微鏡 (confocal microscopy) 追踪細胞內單一分子的（化學）活動，透過電腦解析後紅橙黃綠亦假亦真。

「無有圉限」[3] **乎**

Even as the finite encloses an infinite series

Andin the unlimited limits appear,
So the soul of immensity dwells in minutia
And in the narrowest limits no limits in here.
—Jacques Bernoulli

無知的我不敢回答白努利寫的究竟是詩、數學還是哲學?反覆讀之後，隱約的揣摩出即便在有限的世界中仍有無限的可能，似極限之處未必有界，也許因爲先知的巨大靈魂就隱身在飄邈中，所以在最狹隘的象限裡也蘊藏著無限寬闊。

2012/05/09 初稿 2014/03/05 修改

---

1. 吾人不識數學、物理、天文、古生物學，如文章敍述有誤請當作胡說，亦請慨然賜教。
2. 「見微知萌」是台北市立美術館在 2014 年春天的一個台灣超寫實畫展之名。
3. 語出張小虹〈樓蘭女復活〉之文。

新光三越的化學課

某日因赴高中同學會而途經新光三越，化粧品的櫃檯小姐叫住我「姊姊，來試試我們的抗老除皺產品。」，我（苦）笑（**姊姊不老不皺啊！**）。未待我發一語，她已在我的手背上擠了一滴她的神仙乳液搓摩著，不多時被塗勻的乳液便凝出瑩亮的圓珠在雨過天青後的荷葉上滾動，我的手既變成葉，那我豈非花？

就在她濤濤不絕的向我推銷她各式能讓人返老還童青春永駐的保養品時，我已破解了乳液中 C60 奈米材質的蓮花效應 (lotus effect)。

「姊姊，這種乳液得到諾貝爾獎的哦！」，我心想（**美眉啊！你可不知姊姊的師公師祖可是正宗諾貝爾桂冠咧！**）。

也許我的眼神在我陷入沉思的片刻亮了起來，她見我終於有點反應了便順勢說「姊姊，現在一瓶特價五千九百八，上個客人一口氣買了二十瓶」，我（苦）

笑（**姊姊沒錢／不想花錢**），她見我似乎沒有掏出錢包的意願，斷念後便給了我一份試用品，再尋找下一位有錢的姊姊。

我回家拜讀試用品的說明後發現乳液裡果然有 **fullerene**，然後再混和著「五胜肽」和水解珍珠蛋白，不過這麼簡陋的描述當然是不能滿足我的求知慾的，胜肽爲何是五？我上網看了原文才知道它是 **palmitoylated pentapeptide**，胺基酸序列是從膠原蛋白衍生來的，能自行結合成大分子 (self-association)（天啊！這豈不像狂牛症蛋白 **prion** 嗎？），**Palmitoylation** 也許是便於讓「胜肽」掛在細胞膜上，至於「珍珠」(conchiolin) 嘛！我猜想不過是拿些貝殼來水解罷了，其實用豬皮亦無不可！反正我們的臉也不會因此長出珍珠變成豬皮。

姊姊決定下次免費教你化學。

後記：

近日發現電視購物頻道裡不時有美女帥哥在教你生化（生物化學），只要你把胺基酸、胜肽、酵素、基因甚至幹細胞 (stem cells) 吃喝下肚或塗抹上身，就可以返老還童、豐胸提臀、XL 變 XS、鮪魚變坦克。

姊姊決定來日開個「貴婦貴夫生化班」以正視聽。

2013/01/04

諾貝爾椅子

2005 年底任教於麻省理工學院的諾貝爾獎得主夏普（Philip Sharp）教授應王光燦教授生物有機化學講座之邀來台演講，我本來應該只是演講廳裡的一名聽眾，可是這中間卻多出一件令我意外的小插曲，爲了不讓這件事像沙漠中的一粒沙，風一吹便了無痕跡了，我寫下此小文做個紀錄。

其實我是認識夏普的，我和他的第一面之緣是在二十年前，那時我在美國做博士後研究，1994 年去參加一個在法國舉行的學術會議，開會地點是在史特拉斯堡 Sainte-Odile 山上的一座古老修道院內，修院的歷史可追溯至第七世紀，不過它在中世紀時曾被重建過。在修院內甚至就在我房間內就可遠眺萊茵黑森林的山谷美景，那裡幽靜的氣氛讓人可以和上帝對話。我雖然沒找到上帝，但甫獲諾貝爾獎的夏普倒是來跟我說他見了我的研究成果，覺得我做的不錯，這對我一個十足的無名小卒（nobody）而言實在是件受寵若驚的事。

至於夏普要來台的事，我是在演講海報上得知的，沒想到就在他演講的前一天我接到院長祕書的電話說院長已陪夏普教授參觀過院區，在問及夏普教授還有什麼特別想做的事時，夏普竟說要找我，我想院長可能愣了數秒鐘，從他的記憶簿裡搜尋「who this man/woman is？」，不管院長是如何找到我的，十餘分鐘後這個諾貝爾獎得主就坐在我的辦公室內了，我們先聊了一些往事，然後他立刻和我討論起他在飛機上看的論文並問我的看法，我真的很驚訝，他雖是一位頂著桂冠的科學家又忙於教學研究及各種學術發展事務，卻能把別人的文章看的如此巨細靡遺，討論起他研究生的實驗結果也毫不含糊，枝微末節的小事他一概知悉，他做研究的誠懇謙虛讓我更對他多了三分尊敬。

我免費上了一堂三十分鐘諾貝爾獎得主的課，而且我辦公室內有了一張諾貝爾獎得主坐過的椅子。

2013/05/24

我是 RNA

今年夏末我去紐約長島冷泉港參加一項和 RNA 有關的學術會議，在四天半的會議裡我幾乎一動也不動的窩在演講廳內，聽完整整八十場的演講，最後我的靈魂終於雲遊出竅了，我發現我已變成（metamorphose）了 RNA，就像二千年羅馬詩人奧維德筆下的古希臘神祇一樣變成了岩石飛鳥水仙蜘蛛。

我成了 RNA，我無法認份守規的像我兄弟 DNA 一樣蜷成雙股委身在一城一室，我揹著行囊遊走四方，曾棲身於世界不同的角落。

就像我的星座所預言的一樣，我性格多變，我的靈魂脆弱易受攻擊，甚至在頃刻間會被瓦解。

我無法像 DNA 那樣千年萬世，相比之下我的生命短暫（transient）。我就是我，今生事今生畢，我不想問我的來世，也無需再複製另一個「我」。

我很自閉，大多數時候我內心的話要透過翻譯（translation）才能讓別人瞭解。

當然並非所有的 RNA 都像我一樣，有人的佔領慾很強，他們一旦攻略某地就想急速的擴大勢力範圍，不停地自我複製，他們的出擊甚至足以令人致命，不過我不是他，我仍是那個蒼白自憐鬱鬱寡歡朝生夕死的我。

2013/10/08

之五 無分類觀點

專業的時尚定義

現今研究時尚文化是一門顯學，各類專家學者一下筆莫不是長篇大論一番，但我只想從一個小女子看世界的觀點出發談談最近所遇到二三事。

我雖然是一名超宅女，但偶爾會報名參加一家文創機構所辦的演講，聽聽不同世界裡的不同聲音。這家文創機構的一切表象都讓人覺得很時尚，從每個月收到的課程目錄到走進教室內，大體而言都能感受到時尚文化的「價值」。但是表裡不一的情況卻常常發生，例如我所報名的課程常會遭逢被臨時取消的命運，他們雖然會在開課兩三天前以手機簡訊通知，但這背後卻隱藏著課程規劃不完善，人事協調能力不夠，以及欠缺正確市調資訊等問題。另外，他們亦忽略了學員的權益，使學員行事曆上的設定因而錯亂，我也曾因爲未察覺手機中之簡訊而枉跑一趟。另外，我要求更改聯絡方式的訊息也似乎從未被記錄在他們的電腦內，雖然我會得到一聲有禮的抱歉，但畢竟顯示他們統合管理的能力需要加強。一個以文創產業 **pioneer** 自居的機構需要的不只是時尚而更需要對於「專業」的自省。

時尚不一定要在Bellavita，在我住處附近的一個傳統市場內，有一對年輕夫妻經營一個菜攤，他們把洗淨的根莖類放置在地上的木箱裡，綠色的葉菜、紅色的蕃茄、各色彩椒及紫色茄子棋盤式的排列在桌面上（有點像蒙特里安Mondrian的畫），冬天有leek，春天有蘆筍，讓我想到巴黎索邦區Mouffetard路上以及倫敦Portobello的傳統市集。當然他們也少不了在地的食材，各式菇類豆腐、雪裡紅梅干酸菜亦是整齊有序的放置在另一區檯面上，最重要的是他們親切的招呼與交易，我常拿他們和我住處另一側同性質的攤位比較，也是一對夫婦一個菜攤，但後者不論是硬體和軟體都不及格，顯然在傳統市場內還是有專業和時尚的。

不懂得用專業形象爲自己加分也罷了，最糟的是有人竟踐踏自己的專業，我最近曾兩度發現住處附近一家連鎖超市所販售的雞肉有嚴重的雙氧水味，店長雖客氣的回應我，但將責任先推給上游肉品處理商，而此廠商又再推給更上層之供應商，我接了數通道歉說明的電話仍沒有得到真正的答案，難道要那隻雞承認它是喝雙氧水自殺的嗎？「專業」雖然可以更「時尚」但仍需要傳統的倫理來維護。

2010/08/04

簽書會

一個五年級生似乎不該出現在排隊等待偶像簽名的場景中，可是我就是在四十好幾的高齡開始有這個排隊簽名的經驗。諾貝爾獎得主 James Watson 在 2010 年來台，在中研院演講後舉行了一個簽書會，主辦單位在聽眾報名時，已告知 Watson 只簽他自己的原文著作，在簽書會時他們確實派人在隊伍中逐一檢查。我書架上已有好幾本他的原文書，這當然不成問題，可是我除了他的「成名作」《The Double Helix》外還夾帶了一本耶魯大學教授 Joan Steitz 送我的《Nobel Prize Women in Science》(Sharon B. McGrayne 著)，Joan 是 Watson 在哈佛的第一位女研究生，是我博士後研究的指導教授，如一本書上能同時有 Joan 和 Jim 的簽名將是多麼不同凡響，幸而我夾帶成功，Watson 在聽了我簡短的說明之後很樂意地替我達成心願。

我第一次讀哲學家史作檉的書是在高一的時候，這位老作家近年仍持續的出版新書，思想和創作的爆發力與持續力令我相當震撼。我的書架上收藏了他幾本關於美學的著作，有一天看到他要爲新書《雕刻靈魂的賈克梅第》做一場公開演講，我不但興沖沖地報名參加，還帶著三十年前楓城出版社出的《山上的靈魂》和《九卷》兩本書前去。在他簽名之際，我的這兩本「古籍」讓老作家感到意外且驚喜，也讓在場排隊的 fans 非常驚訝，我甚至事後還看到有人把此古本再現的事寫在網站上。

又有一次爲了追尋我的偶像 Georgia O'Keeffe 的足跡，我參加了《花、骨頭、泥磚屋》作者的演講會。演講者當下放了一些幻燈片，並突然即興的問了聽眾可知幻燈片中的橋在何處，我這個紐約過客幾乎不假思索的答出它的名字 Brooklyn Bridge，因而獲得她一本關於建築大師 Frank Lloyd Wright 的書，雖然 Wright 的大名無人不知，只可惜我不是他的 fans（至少當時還不是），我一向對雕刻及建築這些3D藝術有些冷感，當然更不解更高次元（dimension）的現代多媒體藝術(multi-media arts)，從科學到藝術，我仍是太 old-fashioned了，不過能得到「獎品」還是很興奮的。

總之，四十好幾的 fans 也有排隊簽名的權利。

2010/09/14

宅女科學人的精簡辭典

The Concise Dictionary of a Dwelling Scientist

Addiction: 人總是有一些耽溺，做研究的人更是著眼於微乎其微的世界不可自拔

Anxiety: 這實在是一個專注在研究上的人無可避免的後果，有時看他處火樹銀花而眼前一片潦草荒蕪，更不免焦慮

Art: 這是我在研究以外的大千世界裡的最愛

Balance: 明知平衡的重要卻常活在 unbalanced 的狀態

Confidence:「活得要有自信」，是一種期許，但卻常常受挫

Depression: 這是做研究的人最常說的一個字

Exercise: 每日清晨我的 compulsive exercise 症狀便發作，治療的處方是在 elliptical trainer 上跑三、四十分鐘，順便暢遊於書中的世界

Explore: 做研究和過生活都要這個字

Environment: 我一直覺得對地球有所虧欠

Fragile: 面對研究，我最常出現這種感覺

Frustration: 這是做研究的人最常說的另外一個字

Gemini: 我的兩面性格來自於星座和血型 (信也可不信也可)

Gloom: 幾乎等同於 depression

Hardworking: 笨鳥飛得慢，所以只好努力

Insist: 如果沒有堅持，學術這條路還真難走

Instinct: 直覺似乎不符合科學，可是 Albert Einstein 和 Barbara McClintock 都曾相信直覺

Journal: 有時感慨做學術研究做到好像只為這個傢伙而生存

Journey: 這是宅女唯一出走擁抱世界的時刻

Knowledge: 似乎一輩子都在追求它

Literature: 我在此悠遊自在

Loneliness: 它絕非空乏 (emptiness)，它是我最好的 spiritual companion，如同梭羅 (Henry D. Thoreau) 對 solitude 的詮釋「I've never found a companion as companionable as solitude.」

Mental: 做研究做得忘了關心自己的 mental health

Narcissus: 還有什麼字比它更適合形容宅女呢？

Obsession: 我們或多或少對做研究都有些狂熱 (obsession with research)，否則如何堅持在這條路上呢？不過宅女還是有其它的 obsession

Optimistic: 一直告訴自己要樂觀一點，結果總是悲觀的時候多

Passion: 每次告訴學生做實驗要有熱情 (with great passion)，可是自己有時都會心虛

Pessimistic: 雖然悲觀的時候多，但又沒有悲觀的權力

Quiet: 宅女就是爲自己的靈魂 (soul) 找一塊安靜之所

Reduction: 生活簡約

Research: 研究是一輩子的宿命，努力過了而且還在努力當中，但只能借用徐志摩回應梁啟超的話「得之，我幸；不得，我命」。

Search: 一直在尋找自己安身立命的理由

Simplicity: 借用 Sarah B. Breathnach 的書名，simplicity 帶給我 abundance
Spirit: Set my spirit free (此無關乎宗教)
Subtraction: 一種可獨善其身亦能兼善天下的生活觀
Tranquilizing: 用此來抵抗 anxiety
Unique: 每個人都是獨特的，但創造以及維持有價值的獨特 (valuable and unique) 是不容易的
Vitality: 努力的在生活中保持活力
Vegetarian: 蔬食者如我
Wisdom: 相對於對知識 (knowledge) 的追求，要擁有智慧 (wisdom) 卻不易，這種深奧的字義只能讓真正擁有智慧的人來詮釋
Will: 詩人覃子豪在五十餘年前就用意志 (will) 定義出了宅男女的世界「意志囚自己在一間小屋裡，屋裡有一個蒼茫的天地」
X chromosome: 想了一下，腦海裡找不到適合的字，就 X chromosome 吧！它的數量在人類世界裡是 Y chromosome 的三倍
Yale: 和 X 一樣難尋適宜的字，Yale ！我在這裡獲得太多了
Zest: zest for life

後記：

雖然我用最短的時間在腦海中撿選出這些字彙，但花了一些時間去詮釋，現在我幾乎可以繪出一個 Bayesian network of my vocabulary，不過在我網路中的節點 (nodes) 似乎太深藍 (是憂鬱的藍不是政治的藍) 了。

2010/10/13

我的懼物症與拒物論

當我宅掛在辦公室及家中電腦多日後，翻看了一下近日的報紙，發現台北市區竟有200餘萬一坪的房子，萬元一隻的北海道鱈場蟹，甚至36萬一晚可觀看建國百年煙火秀的飯店套房，唉！我簡直是這浮華世界中的一隻螞蟻。

事實上我對這世界的疑惑早來自於滿街「名媛」人手一只「名牌包」的現象，報紙也每日不厭其煩的用整個版面介紹新款包，再附帶一提它（有時令人瞠目）的價值。包包的功能不就是方便我們攜帶東西嗎？我的300元帆布包在此絕不遜於那些動則兩三百倍價值的「名牌包」。若有人要辯稱名牌包展現了工藝的美學，我亦不置可否，君不見現今名牌包都「統一化、標準化、制服化了」嗎？（語出蔡淑玲之《追巴黎的女人》），如此複製何美之有？擁有百萬名錶的人，也並沒有比別人擁有更多的時間。我不敢說「物」本虛無（nothingness），也無意完全否定創意的價值，只是對於遠高過平均值（average）的商品有些疑惑。無論如何我還是得承認我的荷包寒傖，無力對Bottega Veneta的漸層鱷魚包做太多的想像。

我除了不明白現今浮華社會的物慾情結外，對於有人爲了滿足腸胃而排隊的事也是納悶不已，猶記許多年前葡式蛋塔風靡全台之時，電視新聞不時地秀出店家前宏偉的陣式，之後 Mister Donut 的開幕、某地牛角麵包的爆紅以及到如今各式各樣號稱「就算排隊也要吃」的東西層出不窮，甚至聽說有些網購零食也要「排隊」，爲此我更不解，在我看來這些等待的時間絕對可以讓我做些更有「價值」的事。

如今極簡生活似乎屬於另類，空無慾望的人也屬少數民族，但這並非表示我對時尚及消費文化渾然無知，事實上我爲此還看了一些書，久遠以前看的不說，當掃描一下書架上近一兩年才買的就有張小虹的《情慾微物論》、李明璁的《物理學》、許舜英的《我不是一本型錄》、許悔之的《創作的型錄》、周芬伶的《蘭花辭》以及集合多人的時尚文選集《流行力》，對於拜物或戀物 (fetishism) 你可以長篇大論的分析其歷史文化美學理論，或是如戀人絮語般的感性告白，也可說它是經濟活動中的一項重要催化劑，必竟物/欲相生！如果要解釋我有些偏執的「拒物論」的話，或許可以說我只是拒絕集體消費，拒絕追隨大眾的認同，我對於要排隊的有 logo 的避之唯恐不及，但換個積極一點的角度來看，我的消費觀還滿接近新興的「新簡約主義」。

誠然沒有奢華的慾望與能力，又有些自閉的傾向，想想村上春樹不也可以在半幽閉的生活裡創造他的異境文學想像，我的宅生活裡也有簡約的喜惡，甚至我發現我的 like 和 dislike 竟與法國文學及評論家羅蘭巴特 (Roland Barthes) 所列舉的清單有不少重複，喜歡香檳、咖啡、玫瑰，最重要的是「不喜歡和我不熟識的人用餐」（見《追巴黎的女人》）。

雖然一直抗拒接收現代都會消費文化（神話）的宰制，但仍免不了有偶發的戀物情結，十月底在上海時途經一家藝品店，我的目光立即被展示燈下一只溫潤剔透的碗所吸引，其形之美如宋代官瓷，只不過從雨過天青換成皎白月色，不過標籤上明白昭告著它近十萬台幣的身價，我雖被它凝靜的神韻所吸引也不敢多作遐想，未料正當轉身離去之際，年輕老闆喚住我「姐，算你××，這只玉碗多美啊！」，我一怔，從未想到我的名字倒過來竟是只玉碗，成交了，不待我開口，老闆竟用二十分之一的價錢把它賣給我，我因而破戒掉入了物慾的陷阱。

2010/12/08

選擇的岐路
The Dilemma of Choice

二十一世紀的生活充滿了選擇，選擇造成了許多困境。

當我的胃或是「calorie quota」只足以容納一個甜點時，我會站在點心櫃前爲了要選擇一個 macaron，cannelle，pomme tarte，eclair au chocolat，creme brulee，還是一塊 Mont Blanc 而躊躇良久。當選擇了 macaron 後，究竟要拿一顆經典的 pistache（開心果）還是如紅寶石般的 framboise（覆盆莓）？唉！我又再猶豫一下，深怕我的選擇會讓我遺憾。

當走進 Watson 或康是美去買益生菌時，除了要在盒子上搜尋是否同時具有 *Lactobacillus acidophilus* 和 *Bifidobacterium bifidum* 的產品外，又會考慮是否該再添加 *Bifidobacterium longum* 或是半乳寡糖，另外再考慮藥劑包覆的型式及計算每單位的益菌數，顯然除了選擇題外還有計算題。此時另一個架子上陳列的

CoQ10、葉黃素、葉酸、大豆異黃酮、芝麻錠、葡萄籽抽出物，又讓我猶豫是否該買下來照顧一下我正在老化中又過勞的心臟、眼睛、肝臟和神經。「選擇」每天都在考驗我們的常識及知識。

在上班之前走進超商，端詳貨架上的巧克力，Lotte 的加納牛奶、德芙的榛果、明治的 black、法國 Truffettes 的松露、瑞士的三角、義大利的金莎，縱使面對這些普普通通的巧克力亦可令我躊躇半天不知如何決定。選擇在無形中掠奪了我們的時間，這時我便佩服老子的先見之明—「少則得，多則惑」。

面對選擇時，我只好以不變應萬變，用忠誠度來解決這種困境，例如在 L'occitane 或是 L'erbolario 的乳液間兩者擇一便可，其餘的便不再考慮。可是現今商品的多樣性正以等比級數在增加中，不知道哪天我的簡易購物哲學便會無法招架，然後爆發一個購物適應（不適應？）症後群 (adaptation syndrome)。

2011/02/22

天地與我不仁

清晨轉醒，天尚未發白，拿起昨夜放在床頭的《告別式從明天開始》（張家瑜著）翻看了十餘分鐘，到書房打開電腦，窗前仍是摻了灰色的黑，e-mail 裡有一則信件告知四個月前發現罹癌的同事走了，我腦中空白了許久，天地何以不仁啊！

是的！天地如此不仁，年初吉野櫻尚未開到宮城與福島，憾天動地的地震挾帶著二十餘公尺高的海嘯摧毀了城市，奪走了生靈，神鬼如同從地獄中被釋放出來一般，張狂的向世間咆哮。年尾罕見的冬颱橫掃與我們一海之隔的南方鄰國，土石傾頹，摧毀家園無數，又無情的帶走一些上蒼的子民。天地不仁，一個朝鮮「將軍爸爸」之死逼得全民充當臨時演員，不僅得搥胸頓足的在鏡頭前後哀嚎，還得各自設法傾出代表忠誠度的眼淚，否則可能生計不保甚至災禍上身。

天地不仁，我亦不仁，當被海嘯摧殘過的畫面傳來時，我們只能用呆滯的目光看著如此不可置信的創痍與蕭然，悲痛至極的災民沉默的露出無助茫然的眼神，再如何哀慟哭嚎已無可挽救一座已變成鬼域的家園，我們的慈悲心僅牽動了一下，關上電視我們生活仍然如息。朋友病時，我也只能問老天爲何要放一個無情的定時炸彈在一個對生活認真的人身上，我們無能爲他向祢索討公理，祢陷我們於不義。

也許我們現在仍有些微的勇氣對死神說「對不起，我尚未準備舉起死亡的銀杯」，但可悲的是「我們卻要用卑微的軀殼繼續承載著生的苦難」（語出張家瑜的散文），畢竟我們會逐漸變老，走向人生既定的終線，甚至被病魔提早逐出舞台。絕大多數的我們沒有像 Steve Jobs 一樣擁有「把每一天都當成生命中的最後一天」的勇氣與睿智讓生命不俗，我們在蹉跎生命，我們脆弱的靈魂在多數的時候是不堪試煉的，怯懦的妥協於不公不義，愚癡的我只好蹣跚的向生命學習，期待能獲得智慧以修成正果。

後記：

我在2014年夏天校稿之季，客機受到攻擊或意外墜毀、以巴衝突、高雄石化管線氣爆、昆山工廠塵爆、雲南地震、西非伊波拉病毒肆虐，……世間的災難永不止息，而我們仍只是茫然的看著眼前的災難，天地與我再度不仁。

2011/12/28 初稿 2014 後記

宅女的時尚私觀點

之一：時尚文盲看時尚

自從歲月催人老的效應在頭髮上出現後，我每三個月就得去髮廊報到一次以遮去那隱約可見的白絲，在髮廊內幽閉的兩三個小時中是我唯一能專心拜讀時尚雜誌的機會，以流行教主許舜英的定義，我算是一個不折不扣的時尚文盲。在2011年深秋某日，我又坐在家中附近的家庭式美容院，耳邊盡是噪聒的婆婆媽媽談話。那時全球四大時尚城市剛上演完2012春夏新裝秀，美容院桌上的雜誌便刊了幾幀照片，我略翻一下便在手機的記事本裡寫下下面幾則私觀點，如果這些個人品味意見引起時尚專業人士的討伐或譏笑，就當作是一個門外漢的喃喃自語好了。

Chloe的直線條裝飾像是把斑馬皮穿在身上，若戴上Blumarine的手腕腳踝裝飾妳就成了一隻貴賓狗，Mac Jacobs的上下幾何對稱讓模特兒變成金剛戰士公仔，Burberry和Moschino則分別像非洲戰士和鬥牛士，Kenzo的網紋設計像穿了睡衣的小丑。Max Mara用單色包裝紙把女模包了起來，Prada亦不遑多讓但用的是印花包裝紙。Dolce & Gabbana 的衣服永遠像塗鴉牆，Celine 的碎花太老土了，而且整體造型也令人不忍睹矚，Mulberry 的女模應該去剪剪頭髮。看到 Vivian Westwood 這個叛逆教母的設計，讓我想到小時候家裡附近一個被大家稱作「囂查埔」的女人，她總是把拾荒回來的各色衣服披掛上身，鎮日在街上遊走傻笑，其實她只要收起笑容裝酷一點，就可以走上伸展台了。Karl Lagerfeld 把 Fendi 的女模打扮成像寄宿學校的學生，我對時裝界老手 Alber Elbaz 的 Lanvin 以及新手 Bill Gaytten 的 Balenciga 都不能認同，究竟是我不懂時尚還是他們不懂我們？

我不是只會挑剔，至少我欣賞 Valentino 的大器，Chanel 和 Dior 的優雅，Hermes 的撞色色塊有蒙特里安的 fu，而且搭配的比 Kenzo 高明些，Jil Sander 的極簡風格雖無特別之處倒也合我口味，Armani 用了一些東方元素做點綴，其中一款的靈感來自日本和服腰帶更是深得我心，他的緞面禮服也閃閃動人。

品頭論足了一番，最後看到 Miu Miu 一襲縷空花紋短洋裝跟我上禮拜用不及千元（當然是台幣）買到的一件差不多，既然如此我就無需將我的薪水上供給那些設計師了。

之二：伸展台上的華麗羽暴龍

隔年春天去剪髮時又拜讀了一期新的時尚雜誌，雖是乍暖還寒時分雜誌上已秀出今年的秋冬趨勢，我又忍不住對著這平面上的時裝秀發表一點意見。略翻一下便可看出今年鳥人裝盛行，顯然現今的生活壓力太大，大家都想飛出現實的牢籠。其中最甚者莫過於 **Peachoo + Krejberg** 的白鳥羽毛裝，**Gucci** 還算正點一些，僅向烏鴉借了一襲外衣裹在 model 身上。再翻看下去則見到怪咖教母 **Vivienne Westwood** 一件非鳥非人的華麗羽暴龍 (*Yutyrannus huali*) 設計，此龍於一億二千五百萬年前存在於中國大陸東北地區，是雷克斯暴龍 (*Tyrannosaurus rex*) 的表親，身上披著如雛雞般柔軟的羽毛，顯然這個老怪婆不僅懂得演化 (evolution) 還很認真的汲取科學新知。除了這些 **feathered look** 外，**furry look** 也似乎燃燒了秋冬時尚界，**furry** 本來就是炫耀的符號，因此 **Giorgio Armani** 和 **Gucci** 仍乖乖的推出保守優雅的皮草外套以賺取貴婦的鈔票，**Blumarine** 雖加了一些芭比風但也不致太囂張，可是有人卻不甘如此，**Alexander McQueen** 和 **Mulberry** 的皮草像把巨型的雞毛撣子，**Loewe** 的設計更是當仁不讓，升級變成加油站自動洗車用的大型滾筒尼龍刷，**furry** 風潮也延伸到衣服外的配飾，像 **Marc Jacobs** 的帽子和 **Alex McQueen** 的鞋子都很毛。

我一直喜歡 **Jil Sander** 的極簡風格，她的露肩連身灰色褲裝讓 model 散發出如女神般尊貴又有自信的光采，**Balenciaga** 用芥末黃上衣搭配閃閃有光的灰色長褲也很亮麗搶眼，Paul Smith 的灰藍絲質襯衫搭配淺灰西裝外套，雖保守但絕對能讓妳穿的出門，走的進辦公室，至於 Fendi 雖用了我極愛的灰色做成褲裝，只是它灰的不夠獨特，而且同時用了氣球袖和寬腰帶做點綴，失去了設計的焦點。

除此而外，Christian Dior 的復古味太重讓她的設計優雅但不出眾，Prada 和 Miu Miu 這一家人雖哈嬉皮風（hippy），但她那種花色暗沉又極其老土的 patterning 讓人想到菜市場裡的歐巴桑。川久保玲爲 Comme des Garcons 做的一款設計也極像古早以前阿媽用的橡膠熱水袋。我還發現吸血鬼式的黑色斗篷頗爲盛行，這或許是設計師們都不約而同看了暮光之城（Twilight）後的傑作。

最後批評一下彩妝吧！Karl Largerfeld 幫 model 貼上礦石眉，這下子讓她們無論再如何嬝嬝婷婷眼顰秋水也不能稱爲「美眉」了。

之三：會行走的糖葫蘆

又是趁等待剪髮之際翻看了一下時尚雜誌，看到 Iris van Herpen 在今春發表會上的新裝，她讓所有 models 都穿上黑色緊身衣，然後在這些黑柱子上貼滿了各式白色圖案的剪紙或插著白色的吸管或羽毛，甚至纏繞著剪成細條的白色風琴簾，這簡直是徹底實踐 Susan Sontag 說的「Camp」設計——「一個女人穿著三百萬條羽毛做成的衣服到處走」。又因爲剛結束了一趟北京之旅，這些模特兒的樣子讓我連想到王府井街上插滿了各式糖葫蘆的稻草柱子，如果 van Herpen 走一趟北京說不定下回她的 models 就變成會走路的糖葫蘆。

之四：丐幫不敗

事隔兩年餘，再看到以上的舊稿發現它早已不再「時尚」，不過倒發現丐幫風真是越演越烈，2014 秋冬秀上的 Issey Miyake 和 Yohji Yomamoto 把流浪頹廢解構全放在一起，發揮了同鄉 Rei Kawackubo（川久保玲）的「襤褸美學」（見張小虹《絕對衣性戀》）。這次東方犀利哥聯手出擊不僅打敗了西方教母 Vivian Westwood，還把黑白禪風丟一旁，五彩繽紛加上螢光放閃，誰說丐幫一定要 gloomy。有趣的是 Westwood 的 2014 秋冬裝反而復古了，只不過她又發明了波洛克 (Jackson Pollock) 和提姆波頓 (Tim Burton) 綜合版的彩妝，包妳畫了後絕對讓眾人昏倒（非拜倒）在妳的石榴裙下。

之一完稿於 2011/11/09 之二完稿於 2012/04/10 之三寫於 2013/05/06 之四寫於 2014/02/16

我的希臘銀行

多年來藉由出國開會也算是去過不少國家城市，如果要問我還想去哪裡，我會說希臘、西班牙和肯亞。想去希臘，不是爲了它的藍天碧海和那些被浮濫複製的白色房屋，而是想學村上春樹蟄居在 Spetses 島上專心寫點什麼，這當然包括我賴以爲生的科學論文。想去肯亞，不是爲了去草原殺伐旅（safari），而是想去看看丹麥女作家 Karen Blixen 曾經擁有的咖啡莊園，喝一杯肯亞雙A。至於想去西班牙的原因或許就和多數人一樣，不是去巴塞隆納看 Gaudi 就是去格拉那達尋找摩爾人的北非風情。

但在我實踐我的希臘和西班牙旅遊計劃之前，我的銀行存款已被這兩個國家近年來的債務危機掃到尾巴而慘痛失血。我對歐元的認識以及和它的糾葛大約是始於十年前左右，某一年的夏天帶著尙在小學的女兒去奧地利自助旅遊，偏偏彼時歐陸氣候異常悶熱，小朋友被炎炎烈日曬的頻頻找水喝，而路邊一瓶礦泉水要4歐元大洋，以當時的匯率可以在我們的 7-11 買個十瓶不成問題，可是喝水不能等，所以我只好忍痛買而且還得一路不停的買，寫到這裡正好看到蔡珠兒在她的散文《種地書》裡也提到4歐元的礦泉水，她謂此「白日打劫」，顯然受震撼的還不止如我一般的升斗小民，連大作家也難逃一「劫」。過了幾年我和女兒的巴黎之旅又讓我再度體會歐元的snobbish（就像巴黎人一樣），我們在蒙馬特路邊的無名咖啡座喝一杯咖啡得付10歐元另加小費，用這個價錢可以喝上二十杯7-11的咖啡或是買個半磅等級不錯的Golden Mandeling。

這些經驗讓我對歐元敬畏有加，於是不假思索的將銀行裡的存款換成這個歐洲聯合國貨幣，沒想到不久後它卻一蹶不振，幣值一路下滑，我的銀行存款就如沙漏般流失，擋也擋不住。銀行的理專似乎有些憐憫我，要我買些基金，可是對金融理財魯鈍的我在一進一出之後究竟是賺是賠永遠弄不清，不過很明顯的是最近一年歐債危機的燃燒熱力不減，基金走勢如雲霄飛車般向下俯衝，數週前我的理專來電要我認賠了結，並安慰我說「沒關係以後再伺機買進賺它一筆」，當然白癡也知道這句話就如海市蜃樓一般的虛幻不實。

又過了數日我的理專極不尋常的親訪我的辦公室，在此我必須強調，跟我往來的這家銀行一向是非常高調的，我每次去辦事就總像坐在機場的貴賓休息室內，不僅眼前的行員盡是俊男美女，就連保全人員也如總統府的侍衛一般英挺。我在等候的片刻必有人送上一杯現煮咖啡（這點倒是投我所好），理專則在玻璃隔間的辦公室內等待客戶，銀行造就的這些氛圍讓他們的專業形象升了一級，因此我每次去就乖乖的簽下一紙又一紙的合約。現在在多數境外基金一片慘綠的情況下，我的理專竟打破慣例出巡了，像推銷員一樣的促銷他們的理財產品，而我坐在辦公室內似乎有斷然拒絕任何推銷的權利，其實不是我的財經知識進步了，而是我心痛我的希臘西班牙肯亞旅費不翼而飛，再想到我家裡那位某大學商學研究所所長對我的告誡「沒有腦袋又沒有口袋就不要跟理專玩」，我終於對我的理專說了「不」！

2012/06/16

貝拉維她聽音樂會

家裡三口人有兩口在對岸，因此我也蠢蠢欲動想暫別一下終日陪著我的電腦出走一下。

我在三十年前是個古典音樂迷，一年最多可聽五十場大大小小的音樂，二十年前也是耶魯大學音樂廳的常客，不過在被我們國家音樂廳的絨布椅嬌寵慣了之後，坐在 **Yale** 的木板凳上聽帕爾曼的小提琴潔西諾曼的歌聲還真不是滋味。剛從美國回到台北時，如有一些特別的音樂會我還會開車進城去中正廟，讓已逐漸枯萎的音樂細胞活化一下，後來不知爲什麼就宅了起來，而且宅了很多年。

這次既然要出「宅」，數日前就查看了近期的音樂會，選中了胡乃元和北市交演出的德弗札克小提琴協奏曲，德弗札克的斯拉夫民族色彩鮮明所以一向平易近人，他在這首曲子中還用了許多銅管木管配小提琴獨奏，因此熱鬧有餘，應該可以打通宅女的任督二脈，音樂會的曲目還有貝多芬的艾格蒙和第三號英雄，把這兩首曲子排一起還真是讓真假英雄難辨，不過不論是當世的拿破崙還是歌德筆下的艾格蒙，在貝多芬的五線譜裡都變成可以讓血液流通快一點的音樂 motif，再怎麼說也不致於像聽布魯克納或是馬勒那樣，幾乎就像上哲學課一般的沉重。

在睽違國家音樂廳多時之後重新回去，坐在離獨奏者不到四、五公尺的前方清楚的看著他的弓在弦上躍動，想到三十年前要聽音樂會總是買最便宜的票，然後坐在國父紀念館的最後一兩排居高臨下，有時還得帶著望遠鏡，不過像我這樣的後排聽眾也不在少數，所以我也非異數。可是今天這場音樂會花不到一個大飯店 buffet dinner 的錢，就可以零距離的感受指揮的 baton 和小提琴家的弓在空中舞動的熱力，那種感覺就像在 Bellavita，沒錢光顧 Bvlgari 或是 Tiffany，也照樣可以買 Robuchon 的 Souffle 或是青木定治的馬卡龍一般，不是貴婦也可以照樣在 Bellavita 的中庭聽現場音樂演奏一樣，真過癮！

我終於發現一個再回到音樂現場的理由，就是在心力交瘁的工作之後，去感受一下交響樂團裡弦樂、銅木管和定音鼓齊發的音效，所以還有什麼會比 Dvorak 的第九號交響曲更能讓我達到目的呢？所以我也沒錯過伯明罕交響樂團的演出。

自從找回一些聽音樂會的感覺之後，我又去聽了 Anne-Sophie Mutter 的

《四季》，不知曾在哪裡看到一句話形容聽慕特和卡拉揚合作的《四季》就像喝 Burgundy，但在我聽完她指揮自己的小合奏團演奏後，我只能說像喝了 Beaujolais，不過也算是一場愉悅的品酒會。

後來看到年輕的烏克蘭鋼琴家 Alexander Gavrylyuk 來台上演全本 Rachmaninoff 鋼琴協奏曲加《帕格尼尼主題狂想曲》的消息，心想怎可放過，果然音樂廳幾乎座無虛席，當台下觀眾都秉息聽著他彈奏第三號第二樂章時，我被他鍵盤上揮舞的雙手震撼住，此刻我全身的毛孔都張開了，我終於瞭解到爲何連 Rachmaninoff 自己每天都要以兩三個小時的時間練習音階和技巧，原來這樣繁複的合弦及動人的旋律不僅要天才的靈感還要嘔心瀝血的淬煉。Gavrylyuk 理所當然得到了聽眾的 standing ovation，這是真實的感動。

爲了再過癮一下，我決定在 2013 年的最後一晚和朋友到音樂廳去跨年，跨年的曲目自然是要熱鬧有餘，該晚聽的輕歌劇《蝙蝠》便符合了一切輕鬆歡樂的條件，反正聽眾的目的也不過就是爲了等待跨年的倒數時刻。雖然時隔一個多月了，我仍沒忘記當時全身細胞躍動的感覺，所以還真是聽了一場超值的音樂會。

2012/09/18 初稿　2013/07/05 增補　2014/02/16 增補

一與百

以往未曾注意到生活中竟有諸多一與百的並存，我第一次發現它是在上海，剛開始覺得很突兀，後來我才認真去地發掘生活週遭的一與百，而且還發現我是不折不扣的「一」。

2012年初秋去蘇州開會時刻意先在上海停留兩日，在我住的飯店左邊有一群新式住宅大樓，大樓下有一間幾乎沒有什麼客人的Starbucks和和一間極大但亦冷清的7-11，右邊則是傳統市場，在二條十字交會的路上有傳統米糧雜貨舖、蔬果攤、早餐店麵店小吃店，我早晨也擠在不同年齡的太太阿姨大嬸中看熱鬧，我對市場上的水果極有興趣，新疆蘋果、天津鴨梨、山西棗子，爲了吃食方便我只買了一小袋不知哪裡產的龍眼，它不僅大又多汁。早餐店的大蒸籠上方貼了一張紅紙「饅頭六角、包子七角」，我沒有停留因爲包子饅頭不是我的「菜」，我只需要咖啡。但這是上海，我若不在Starbucks買好咖啡，往後在路上就未必能遇到咖啡店或是遇到「不是咖啡的咖啡」，我在等咖啡之餘流覽了一下價目表，我發現我女兒平日早餐吃的 panini 三明治配抹茶拿鐵恰是一個包子饅頭的百倍價錢，若是我用這價錢回去市場買一百個包子饅頭，她豈不是可吃上三個月，我對於這種連早餐都可以有百倍差距的現象極度訝異。

吃穿是一是百隨人選擇，歡喜就好，但服務品質的百倍差異我就不能認同和妥協了，剛抵上海的第一晚我和女兒在南京東路一家幾乎座無虛席的大眾化餐廳裡用餐，我們的小籠包被盛在一只未清洗過（還有殘肴）的蒸籠裡，桌上的碗盤亦都歷經滄桑殘缺不全，而用餐時的佐料便是服務員的大呼小叫，我們在一種很「原始」的氣氛中勉強用完一餐，只覺得吃的是一鼻子的灰，我們低落的情緒直到走進外灘的 Starbucks 才得到些許的平復，在那裡我們找回了「類台北式」的服務，那真是一與百的差別。我並無刻意追求一百，但在這裡因爲觀念認知與習慣問題，我們不得不選擇「百」。

雖說上海的百年風華和新舊交融確實非常吸引我，但這處處暗藏的格格不入讓我還是想念我居住的城市，特別是它沒有誠品甚至難以找到一家書店，沒有隨處可以喝到的咖啡以及少了 civilized service，它讓我愛恨交集。所以我在一回到台北的週末便鑽進誠品買書並在附近的 Starbucks 買了一杯價錢合理而且有感覺

（fu）的咖啡，在這裡用平民的花費卻隨處都可以享受到「一百」的服務。

不過走在台北東區百貨公司密集的消費叢林裡，我就變成了「一」，因爲隨機就可以找到一個比我背的多二三十倍甚至百倍價格的包包。若論吃，在101的STAY或是 Bellavita 的 Robuchon 吃一餐飯的價錢也是我平日吃食的百倍，可是我無此胃納也不認爲美食是生活必備條件，幸而在我的城市裡我可以歡喜的過著「一」的生活，而一與百的相對價值可隨人而異，「百」不見得是奢華是snobbish，而「一」卻是簡單的生活品味、人性與尊重、隨意與自在。

2012/11/02

宅與張愛玲

我的生活裡充塞著永遠寫不停的學術論文、研究計劃和報告以及零星的上課和會議，但我還是會陸續上博客來網站或親臨誠品買書，去年底至今年初的兩三個月內看了一些散文雜文，其中好幾本是六、七年級男性作家的作品[1]，有人是主修文哲的博士班學生或高中老師、有人是導演或以時尚評論為業的自由工作者，我很快的發現這些書中有一些共同的字眼就是「宅」、「孤獨」和「張愛玲」，只是它們在不同調性的 context 中出現以及出現的頻率在每本書中稍有不同罷了。

有人開宗明義就提到「宅」和「孤獨」，但是此作者在宅世界裡「自有可樂」之處，對孤獨也能處之泰然，如同他寫到「生命本來孤獨，唯靜默的探求才能豐富你的孤獨生活」，所以他還可以「宅」起來，自在的悠遊於文學的天地雲水間。也有命本孤僻的「崩世代」作家，認為自已如「歧路亡羊」，所有的指望盡在「宇宙的黝暗處隱而不見」，愛如「朝花夕拾」夢如「殘花老梗」，在「宅」的世界中「自以為遼闊，其實疏離」，在網路的虛擬社交中一切只是「過眼雲煙而已」，就像張愛玲在〈封鎖〉的結局一樣淒涼狼狽。也有人質問究竟是什麼「驅使我們如此狼狽慌張的前仆後繼」，在畫面停格時間凝止時這位作者頓悟出「等在所有追逐與焦慮後面的是死亡」，他用張愛玲的一句「這是亂世」來註解這個惶惶的世代。但也有人似乎宅的傲慢，宅在電腦上透過網路作時尚觀察，嗅出金粉世界的動態，也許相對於他工作中所環繞的俊男美女公子名媛，他仍保有些「宅」氣，但在我看來他偶然的憂鬱似乎就像施了脂粉一般，讓人覺得有些虛情。這人倒是在書中自頭至尾引用張愛玲的句子，雖然很難立即把近百年前生活在亂世傾城中的張愛玲和 gossip girls、Kate Middleton、Anne Hathaway 這些人聯想在一起，但仍不免找出她們之間一抹相似的姿態。

我亦宅，我焉能不宅，「宅」的理由已經千百種，不過最近又多一項，上週末偶然開啓了平日幾乎不看的電視，沒目地的將選台器一一順勢而下，每一台停留半分鐘，我就發現不論是宮廷古裝、青春偶像、社會寫實還是美式肥皂劇都充滿了心機深沉爾虞我詐的對白，所以像我這樣 straight 的人也只能宅在家裡和窩在學術象牙塔內了。但你不用同情我的「孤獨」，我的腦子可是忙得沒時間理會「孤獨」。我除了「宅」，我也是張愛玲的粉絲之一，最近對她一句「時代是倉促的」預示深有同感，因爲我每次看到 iPhone 和 Galaxy 發佈新手機時我就想到這位文學界「祖師奶奶」（引自王德威文章），她的話真是歷久彌新。

後記：

文章寫完後的一年多又看了不少散文，在不少書中都可嗅出「宅」與「張愛玲」的氣味，若以此為主詞，再以村上春樹、班雅明甚至動漫彈鋼這些冥王星般的語彙（見祁立峰《偏安台北》）為副（附）詞，便不難判斷作者的世代和屬性。

2012/12/26 初稿　2014/4 月修改

1. 侯季然《太少的備忘錄》、張經宏《雲想衣裳》、黃文鉅《感情用事》、陳祺勳《個人意見之待人處世指南》。

Bella momento

日本作家鹿島茂在他的書中提到的「玫瑰人生」(La Vie En Rose) 就是一些生活上的小事可以讓他有「滿滿一整天的愉悅」，例如買到了夏維諾 (Chavignol) 的羊奶起司、波茉莉 (Pommery) 的芥茉醬、Pompadour 的長棍麵包、Maille 的醃漬 capers[1]、羅亞爾河希儂堡 (Clos de Neuilly) 的紅酒。這樣的感覺在村上春樹的筆下應該就是小確幸，翻譯家林少華曾列舉了10個村上的小確幸，例如一邊切著剛出爐的麵包一邊吃、在秋日的午後聽布拉姆斯同時看著窗紙上被陽光映出的樹影、手中拿著自己剛印好的書。而木下諄一也有類似的描述，他說快樂就是在「河邊騎自行車，被涼風徐徐吹拂著」或是「荷包蛋煎得剛剛好」。

大作家們有他們的「玫瑰人生」或「小確幸」，我也有我的「美好片刻」(Bella monento)，買了青木定治有丁香 (clove) 味的柑橘果醬、朋廚 (Bonjour) 有蘭姆酒香的 canele、巧克光廊有玫瑰香氣的 Ispahan 棉花糖、在固德威切一塊 Cambozola 藍霉起司、喝一口冰鎮過的德國 Spatlese（晚摘型）白酒、不預期的聽到海頓小號協奏曲、學術論文被接受的那一刻、早晨打開咖啡罐時乍聞撲鼻而來的香氣，以及喝到一杯能讓靈魂跳躍咖啡，美好的片刻似乎不少可惜的是都很短暫，多數時間只能回味那種感覺。

不過村上的小確幸倒是要用一些「自我節制」來換得，就像他認為他在長跑之後才特別能感受到喝冰啤酒的暢快，巴爾扎克 (Balzac) 也是在日以繼夜無飲無食的寫稿後才大啖一頓美食，不過他一餐的份量也是足以令人咋舌，也難怪他的腹圍相當可觀。如果要拿胡適的「要怎麼收穫先那麼栽」來比喻的話似乎太過八股，但榮格 (Carl Jung) 也有言要有悲傷的平衡才能顯出快樂的真義[3]，或許在努力後得到的幸福的確比較有滋味。近日看著自己以 Fantin-Latour 的畫為藍本，用了四十多個小時畫出的一幅作品（請見本書附錄畫作）也有一點美好人生的感覺。

2013/05/07

1. Capers 翻成續隨子之後反而你不知道它是什麼了。
2. 以上出自鹿島茂《衝動購物日記》、村上春樹《發現漩渦貓的方法》和安卡・穆斯坦《巴爾札克的歐姆蛋》。
3. Happness would lose its meaning if it were not balanced by sadness.

卷三　宅與宅女

關於 Where I live，宅是宅女棲身之所，
皮囊是宅女靈魂在人間暫時的龕籠(cage)。

之一 關於潛舍

為新居命名

前言：

　　我於 2010 年的生日前夕在網路上看到台北極東的汐止邊界處有一舊宅出售，照片裡有梅樹一株，數日後我們便從原屋主手中擁有這幢前有梅後有松的房子，交易過程中只能感受到一切盡是緣份。

　　我們在該年的夏日購入「新厝」後，花了九個多月整修它，在那段期間我不時到工地去探勘進度也花了些時間和設計師溝通，想像自己未來的家居風貌。我想它該有個名字，腹笥中空的我爲它命名時只好求助網路，因而看到宋朝王安石任職舒州通判時稱爲「潛樓」的居所。於今一千年前，王安石蟄居安徽潛山，該地「泠泠而北出，山靡靡以旁圍」，他以「軒冕不足樂、終欲老漁樵」淡泊物欲的生活態度自處，他在潛樓完成了一部《杜甫詩集輯錄》，可見潛山有山水爲畫，又有詩文相伴，應是愜意的生活，於是我們把新居命爲「潛舍」。然後我將蘇軾〈赤壁賦〉裡的一個「潛」字與南北朝智永禪師〈真草千字文〉中的一個「舍」字併在一起，請人銅鑄了「潛舍」二字釘在門前，也許這不倫不類的組合會遭書法家煽笑，但無論如何小樓自此有「名」(name)。

除了向王安石借潛舍之名，另外看到一首他給友人楊德逢的詩「茅簷長掃淨無苔，花木成畦手自栽」，因而再借用「淨無苔」將院子左側的飛石步道命爲「無苔徑」，期望無草無苔，省卻打掃的煩惱。過了兩年餘，我在一本書中讀到清乾隆時期吏部尚書鐵保的一幅對聯「種竹藏雲移松引月，撫琴養性讀畫怡神」，就借來替前院一排綠竹命爲「藏雲竹」，後院一棵南洋杉命爲「引月松」，至於梅我就用南宋楊萬裏〈雪中觀梅〉的「卻是梅花喚雪來」，將它叫做「喚雪梅」吧！雪是不可能來的，不過又何妨呢？最後剩下後院的 terrace 了，二株大樹時有棲鳥松鼠，又能讀書上網坐看雲影，顯然有司馬光〈花庵獨坐〉中「忘機林鳥下」及清朝俞國賢〈歸來〉詩中「遺書幾卷坐忘機」的清閒自得，那就取「忘機」二字吧！

附庸風雅的將新屋四處取了名，潛舍因此以「藏雲竹」爲籬，窗前有「喚雪梅」，屋後有「引月松」，踏過「無苔徑」，獨坐「忘機台」，摘雲見月，還真有李白陶然忘機的愜意自在。

後記：

2013 年夏日我們接獲一紙公文，大意是潛舍後院的 deck 有違建築法規，需即刻拆除，我們是「納稅守法」的好公民，二話不說便拆了「忘機台」，現植羅漢松一排，小松與老松（南洋杉）作伴，亦無不好。

2010/09/14 初稿　2013 年春修改秋後記

發現潛舍

前言：

我們於2011年三月底搬入潛舍新居，在新居居住的前三個月內陸續寫下一點東西，兩年餘後人事有些更迭，因此文稿在2013年秋日稍作修改。

住在京都

尚在新居裝修之際，因為偶從舊家散步前來查看工程進度，因而發現了社區內一條具有京都風情的階梯步道，由山下拾級而上，像極了走在清水寺附近的二年坂三年坂，幸而此處沒有摩肩擦踵的遊客，反之氣氛極其幽靜，質樸的舊式雙層住屋沿著一百零一階的斜坡而建，雖然沒有京都町家建築的暗紅格窗，也仍有形有致，兩三隻貓咪蹲踞在步道旁，冷冷的靜觀罕至的過客，當然我們走過時不免引起一陣狗吠，在台北市邊緣地帶能有此雞犬相聞的地方，也真不多見了。

也有小確幸

搬至潛舍後的第一週在極度疲累下無暇顧及他事，第二週後才漸漸能開始體會潛舍的生活。兩週餘來，我在許多偶然中發現如村上春樹生活裡的一些小確幸。最大的幸福便是可透過我電腦桌前的窗戶就近與後院中一株至少二十餘歲的巨大南洋杉相望。晴天，陽光穿過葉隙在我窗前晃動，雨天，水珠則淅淅瀝瀝自樹稍落下，有此窗景，希望從此論文寫作不再孤寂無趣。其它的小幸福則是晨起後能在寧靜中享受此起彼落的鳥唱聲，並在白晰的流裡台上用長頸壺沖出一杯氣味香氣濃郁的 Estima 咖啡。在有陽光的週日下午坐在後院樹下用 Mac Air 上網或書寫，不時有鳥飛來佇立於枝頭吱喳兩聲。在下雨的週日午後我則蜷在房間沙發上看書。因搬家之故「發現」了塵封數年的麵包機，於是用有莓果香味的 Merlot 浸漬龍眼乾數日後，烘焙出潛舍版的酒讓桂圓全麥麵包，麥香縈繞在廚房的確是有點幸福的事。

鳥語花香

我們剛入住新居時後院被樹木環伺的 terrace 的確給了我許多驚喜和意外，例如院中的兩棵大樹雖然是此屋的 treasure，不過它每天給我的落葉也相當可觀。清晨天色未明時各式鳥聲就已此起彼落，幸而我自己也是個早鳥 (early bird)，否則可能會抱怨他們擾人清夢，不過我也是鳥癡 (bird idiot not expert) 不識鳥種，只知道一隻色彩斑斕的五色鳥會飛到院中的枝椏上佇立片刻，除此之外還有松鼠跳躍其中。後院下方是山坡，不過不似賈政的大觀園「籬外山坡之下，佳蔬菜花漫然無際」，在台北邊際能有此房舍我已足矣！至於花香，我們才剛請人種下野薑，還未聞得其香，只能引頸期待。

四君子

「這屋子與院子種了些花木，園丁說門口種竹是對的，竹報平安。那院子進來的那顆梅樹怎麼說？還喜上眉梢咧。梅蘭竹菊四君子全到齊。」，搬入潛舍三個多月後的某日讀到周芬伶的《蘭花辭》差點讓我眼鏡掉下來，以為她在寫我家。我和潛舍的機緣是因爲剛好在網站上看到這棟房子要賣，而一張院中梅花綻放的照片，讓我想像著「窗外疏梅篩月影」，在怦然心動後便和屋主接洽，數日後我們就成爲這幢小樓的新主人了。

在整修新屋時，我央請設計師幫我們在前院種了一排我鍾愛的竹子，進到院子內，便是那株前屋主留下的梅樹了。我一向也愛白色的蝴蝶蘭，因爲它有飛瀑流泉之美，於是在搬入新居時我買了株蝴蝶蘭，把它放在一幅油畫下面，無巧不巧的是畫中正是一朵菊花。在沒有讀到〈蘭花辭〉時渾然不覺家中已有梅蘭竹菊了。除了四君子外，我們在後院還有一棵高大的南洋杉（英文名為pine，所以也是松），齊白石在他梅蘭竹菊松的世界裡尋求繪畫與人生的逸趣，想來我們離此境地也不遠了。

事實上〈蘭花辭〉的開端是一個問句「如果這是逃亡路線，我是不是來到終點？」，我也有同樣的問題，我想我會慢慢找到答案的。

2011/07/04 初稿　2013/10/01 增補

院中二三事

梅

在入住潛舍後的第一個冬天便滿心期待梅花盛放，結果在寒冷多時後巷內鄰舍早已十里紅櫻應春風（改自陸游詩），無奈院中那株瘦骨嶙峋的梅樹卻始終無動於衷，不願施捨我一片嫣紅。不過在當我幾乎要放棄的時刻，卻在某日下班後回到家中發現梅枝上一抹粉色，唉！顯見梅樹有靈，不負我盼望多日終於施捨我一點驚喜，讓我不致再羡慕鄰家的三千緋紅，至少吾家有初開一朵鮮（改自袁枚〈桃樹〉）。

藤纏樹

席慕蓉有首情詩「你是那昂然的松、我就是纏綿的藤蘿」，不知詩人的靈感是否來自客家歌謠「藤生樹死纏到死，樹生藤死死也纏」，不過藤纏樹的纏綿悱惻還不只如此，另一首歌詞「青藤若不是纏樹，枉過一春又一春」也有著青藤生死不渝的癡情。

那些詩詞或許可以感動三十年前的我，但現在的我早已遠離那些情境了，沒想到今年夏天幾番風雨後，潛舍後山下的鄰居傳來了他拍攝的 youtube 影片，紀錄我家後院的斜坡在大雨後形成的黃泥雨瀑，顯然土地有被大雨浸蝕淘空的隱憂，另外這位有識之士也告知我們我家的大樹已被蔓澤蘭糾纏不清，如果任由它如此綿纏下去樹命恐難保，沒了樹，泥土流失將更快，潛舍安危堪慮，啊！真是羞愧，我竟對自家的生態環境如此無知，不過倒也因此知道了有一種中南美洲來的潑辣小三，可以纏到別人死。

食客

社區裡有數隻街貓，每隻長像性情各異，後來有三隻經常遊走到我家蹲踞在院中，我於一年多前決定每日餵食牠們。剛開始這幾隻貓食客都是在早上同一時間來到院中各據一方等候，後來不知他們達成何種協議，還是以武力決定了排序？總之他們現在把造訪的時間錯開。每日早上必定報到的是一隻長得並不討喜而且拒人於千里之外的綠眼黑貓，不過若是她沒出現，我還是會擔心她是否有什麼狀況。現在家中前院有貓後院有松鼠和鳥，他們不請自來，然後又雲遊而去，各自自在。

2012/08/29

米亞

2009年秋天我從任教中正大學外文系的好友家中帶回一隻她收養的街貓，我們叫她 Mia（米亞），她陪我們生活了125天，在剛過完農曆新年的一個下午忽然飛奔離家再也不回來，留下錯愕傷心的我們。我寫下這篇短文紀念（想念）她，她既然是跟外文系教授一起生活過的貓，應該看（聽）的懂英文的！

She
was an adorable cat
was an elegant lady
looked sometimes intelligent but
  sometime confused

was pigeonhearted and hided under
  the beds when Ben was at home
was waiting for me and meowing
  in the balcony when I came home
quietly slept on my bed and
  accompanied me every night
stood outside when I was in the bathroom

meowed, purred and licked my hands
  when I petted her head
turned her abdomen up and
  stretched out her four arms
  when she was satisfied
put her hands over the eyes
  when sleeping
enjoyed playing an elastic band and
  chasing a tiny bug on the floor
clawed sofa and licked her fur
bagged for her tuna snack
  when I opened the frig
was curiously looking at the microwave
  when I put food in

We memorized her.

在米亞陪伴我的那些日子我看了兩本 Doris Lessing 的書—《特別的貓》(Particularly cats and more cats) 和《貓語錄》(The old age of El Magnific)，我想從諾貝爾獎級的貓書裡學著瞭解貓的語言和世界。後來讀到夏目漱石的《我是貓》，才發現那隻無名貓大概是世界上最能看透人的貓，那隻貓公懂俳句懂英文，也敢嘲諷莎士比亞，最令人拍案的是，他偷食了一塊年糕後，形容這黏手黏嘴的東西像十除以三的妖魔永遠「除不盡」，不過他還是會道貌岸然的說出「賢者當見鏡之愚」如此的真知灼見。

之後又零零散散的看了邱妙津在巴黎的貓、鍾文音在紐約的貓，還有村上春樹書中無所不在的貓[1]。我也是貓，在學術上我是隻幾乎快被 curiosity 殺掉的貓（curiosity kills the cat），在生活上則是一隻眼神裡充滿了 gloom 的貓，gloom 也是個「除不盡」的妖魔。

2011 初稿　2014/04/09 修改

---

1. 我無力列舉村上所有提到貓的章節，但他寫貓密度最高的書絕對是——《尋找漩渦貓的方法》。

之二 關於一只皮囊

樓主小恙

前言：

一向極少生病的我，在2010年秋自上海開會回來即感冒發燒數日，接著又發生一件更離奇的事，因此紀錄。該時雖尚未入主潛舍，但已於甫開張之部落格中以樓主自稱，故此為樓主小恙記。

樓主於半月前渡海歸來即虛病一場，某日清晨於微醒之際，忽覺右臂麻木無力，提筆無法書寫，自忖武功被廢，驚惶不已，乃於天色未明時分急急奔赴武林總壇向副掌門人李兄求救，兄一見師妹狼狽不堪，乃覺有異，遂請精於神經內傷之謝師兄及其眾子弟會診，費一時辰光景斷定樓主 radial nerve 之穴道被鎖住，一時難以解開，需以內力運作慢慢逼出邪氣，無奈樓主氣躁心浮之性難改，縱使相信總壇師兄以內功心法治傷之功力當世無匹，但心中仍惴惴不安，尤其身處廣寒宮中修練如何能數日不書不寫。謝兄雖吩屬回家休養他日再來復健，樓主仍心焦如焚擬私下另謀他法，因素知北方榮陽派署君兄之醫術亦雄冠江湖，遂電話詢問可有就急良方，署君兄當下處以 prednisolone 一帖，因樓主對醫藥亦略識一二，詳知 steroid「無道即王道」之理，乃聽從其意服下一劑，不及半日，竟可以一指功在電腦鍵盤上敲打，數日後便恢復舉劍之力，重入江湖。

後記：

總之，感謝不同宗派師兄們相救，讓樓主至今仍能混跡武林。

2010/11/18

身體解構

關於肉身（flesh）和健康的關係，我想無論是凡夫俗子或專家學者多少都有自己的是是非非和因果成見，雖然Susan Sontag在〈疾病的隱喻〉(Illness as Metaphor）文中曾反駁社會將疾病標示成道德的懲戒，但我多年來還是堅信多食不動和肥胖之間必然存在著crime與punishment（罪與罰）的關係。爲了擺脫可能的punishment，我在泳池裡來回泅泳，在跑步機上揮灑汗水，用鳥食餵養肚腹，拒絕提拉米蘇布朗尼慕斯泡芙千層派的誘惑，可是努力維持了十餘年的亂世佳人腰身卻在這一年內開始走樣了，每日一早體重計上的數字便可左右我今天的情緒，任何人的目光只要在我身上多停留數秒鐘我就會焦躁不安，深怕他們發現了我身上藏匿的贅肉，心情好時我尚可自行嘲解一番，心情不好時我可能會拂袖轉首離去，徒留人錯愕。我不甘於平日克己節食，一年跑千餘公里仍換得多餘的斤兩上身，憤恨這種無罪而罰的不公，爲此低潮了很久。

面對一夕間崩毀的成果，我只好嫁罪於「老化」。早自數年前開始我就不得不隱藏髮際間冒出的白絲，近來眼耳鼻口所有 sensors 開始悖離跑道，眼睛因爲重度近視加上散光及老花的三重效應讓我不得不付出昂貴的代價配上多焦點、多層膜、超薄又能變色的鏡片，最後乾脆一不做二不休把它雷射了，不過仍換得一個「看遠看近看不清」的下場。嗅覺則依賴各種迷幻的香味，歡沁 (Pleasures) 癮誘 (Addict) 還不夠，蠱媚奇葩 (Hypnotic Poison) 才夠味，薰香機鎮日散發著玫瑰依蘭薰衣草的香氣，讓我像個塔羅牌算命師。味覺則要靠沒有熱量的化學甜味劑來安撫，diet coke 裡的阿斯巴甜（Aspartame）醋磺內酯鉀 (Acesulfame k)，無糖口香糖的山梨醣醇 (sorbitol) 木醣醇 (xylitol)。我既要甜也要苦，深焙的蘇門答臘黑咖啡仍是不可少的。奇怪的是聽覺，它和所有的感官背道而馳，它要的是極度的安靜，遠離各種天然的人工的聲音，如要和大學時代在樂團中還能隨著 oboe 首席調出 440 Hz 的音頻比較，現在的耳朵已算是失聰了。

不只外在的五感失能，連身體的內在也在崩壞，腦中的神經網路偶爾會失連／聯 (connection／communication)，我更害怕 amyloid 斑塊已悄悄地在神經細胞中累積。即使已食量如鳥，但只要有吃有喝，食物就會被分解成不堪的穢物腐敗沉積在體內，偏偏身上這台廚餘處理機在工作近半世紀後就露出一副幾近報廢的疲態，讓我每日得替它補充各種乳酸菌、酵素、多寡醣，還得時時擔心它霸勤。也許咖啡真的喝太多了，雖每天運動仍讓骨頭出現空洞。牙齒更是不堪，幸而在此二十一世紀還能靠牙醫師在我的口腔裡修路造橋，否則真要像韓愈千餘年前的抱憾一樣了。「老化」的現象當然不只於此，每日工作回家後我就像滅掉的燈泡一樣黯然，似乎一切都時不予我。

因爲驚覺到歲月風化的效應在慢慢摧毀我這身皮囊，我決定替它做個檢查，希望藉由儀器幫我掃描出讓我身體解構的因子，因此某日我躺在核磁共振儀的高磁場密閉 tube 裡，和我實驗室裡的白老鼠一樣經歷了一趟太空艙之旅，我看到了我的五臟六腑一一呈現在螢幕上，所幸沒有大礙。

「或許歲月已如同海水漫過生命的沙灘一般把青春一捲而去」（改寫自席慕蓉的詩），既然青春不再，也許我該開始學習如何與歲月共舞。

2012/07/13

崩毀與重建

2012年初夏才剛把隱晦多時的身體老化和解構現象書寫成文，接下來的一趟新英格蘭之旅，讓我遇到更大的崩解與災難，因而更駭然人的脆弱。

旅程是如此開始的，爲了參加一場爲期數日的學術會議，我乘著開航未多久的台北紐約直達班機一口氣跨過半個地球到美東，一夜過後再從紐約飛波士頓，終於在離家三十餘小時後抵達 Rhode Island 的海邊小城 Newport。我雖在隔鄰的康州住了三年，竟不知此處有這麼美的海岸和百年的殖民建築與街景。因爲海岸美所以晨起沿著海邊的水泥步道跑步，在徐徐晨風中伴著拍岸的浪花前進，不時與路上其他晨跑遛狗的人打招呼，一副愜意瀟灑的姿態，起初一兩日跑完後仍神清氣爽，但後來膝蓋漸漸地痛了起來令我不得不休息。又過了兩日似乎一切無恙後，便與參加會議的朋友一同步行去城裡看賈桂林和甘迺迪結婚的教堂，洋人腿長，一步抵我數步，人家散步我行軍，兩個多小時後我的兩腿再度掛了。往後的幾日與女兒同遊加州時，膝蓋竟痛的讓我步履蹣跚如八十老嫗，縱使到了 Getty

美術館裡面對梵谷的《鳶尾花》及莫內的《雪中麥堆》也無法讓我忘卻雙膝「骨肉分離」的痛楚，完全無心欣賞。過馬路時更像隻螃蟹一樣的慢，幸而美國的駕駛都相當守法，耐心等我橫渡，才沒讓我這隻螃蟹變得更扁。

在這趟旅程的最後兩日我已不得不躺在旅館的床上，唯一的好處是捧著電腦把一些學術報告做個清理，也免得浪費掉每日需額外付出的無線上網費，不過到了傍晚飢腸轆轆時，卻得忍痛挪步至兩街之隔的超商買盒水果沙拉配餅乾果腹，淒涼的情境讓我想到了二十餘年前在同一城市的張愛玲，她原是該穿一襲繡著絳紫鳳凰的薄綢旗袍，翩然的穿越過上海巷弄的梧桐樹影下，但卻在晚年趿著一雙拖鞋走過異地城市的街道，過著尋常落寞的日子，我突然害怕起這種淒清的晚景。

拖著病體回台後，因工作忙碌無暇就醫，因此不良於行了數日，甚至在家中望樓興嘆，上不去也下不來，以爲自此將終身棲住在底樓，心情一度消沉至極，再加上眼前的多焦鏡片讓我鎮日生活在一片朦朧中，諸多初老的徵兆也趁虛而至，我的身心突然幾近崩毀（deconstruction）的狀態，眼前真是一片斷垣殘壁的蕭條景象。此時竟然來了一個蘇拉，讓忙碌的生活轉輪嘎然停止，我在這意外的颱風假期中徹底的休息了一日，不僅膝蓋的痛楚隨風遠逝，心中的陰鬱也如同被吹落的枝葉一般抖然自身上落下，讓我還有餘力在稍作裝扮後去參加高中畢業三十年後的首次同學會，數日後也能重返滑步機揮汗，讓幾近瓦解的身體得以重建(reconstruction)。

後記：

時過一年，幸而沒有再發生任何狀況，而且還能每日在跑步機上証明自己尚未老朽。夏末去紐約冷泉港開會前先在曼哈頓待了數日，特別選了中央公園旁的旅館，抵達次日是一個氣候清朗的週末，晨起後散步過兩個街口，再經過自然歷史博物館進入公園內隨著人群慢跑，跑完後繼續走到 Madison 大道買杯咖啡和 macaron 慰勞一下自己，再跟著提籃裡放著一束鮮花穿著 Prada、Juicy Couture 休閒裝的紐約太太們逛過一個農夫市集，享受了一個很 chic 很 New Yorker 的週末。

上週在家中跑步機上看電視，無意間轉到旅遊生活頻道，沒想到這個以享樂主義為唯一顯學的節目裡竟會出現一行字「鍛鍊身體就是鍛鍊意志」，當我還在訝異和疑惑時，下一秒出現的是「革命尚未成功，同志仍需努力」，我只好帶著汗水再多舉幾十下啞鈴，證明重建後的我還可以繼續為革命而努力。

2012/08/09 初稿　2013/09/20 後記

卷四　無欲饕餮

無論再怎麼另類，畢竟是飲食男女。

之一 關於食

一個存在主義論者的蔬食觀

我食蔬十餘年，我喜用「蔬食」而非「素食」二字，因爲後者對我而言意味著太多的加工再製品，反而令我卻步。我是在決定蔬食之後才開始找理由，主要是必需應付不斷遇到的問題「妳爲何吃素」。這十年來我爲此問題編纂的理由可長可短，回答可有可無，隨人而異。其實我並無宗教信仰，爲了尋找一個合理的答案，我便看了一些書[1]，這些書仍多從健康、環境意識或動物權這些平常觀點來討論素食有機食或在地食，沒有一本能替我說出我的蔬食決定，所以這麼多年來每遇到被訊問時我仍是支吾其辭。

我仍在尋求答案，但我食蔬多少源自一種深於內心的自覺 (intrinsic awareness)。在高中時代我不管自己能理解多少，硬是生吞了一些存在主義的書，也不知道自己是否對哲人的思想有些誤解，總之我曾著迷於卡夫卡 (Franz Kafka) 的《蛻變》，認爲他延伸了尼采 (Friedrich Nietzsahe) 那種能展現自我意志 (self-will) 又能超越自我的精神，將孤獨與疏離化身做《蛻變》中的 Gregor

（一隻素食的蟲）。在我的認知裡要能完成一些理想就要有一些極端的行動，就如同「metamorphosis」一字，因此我學 Gregor 藉由一種變形讓自己從群體中分離出來，期望更透徹自己的靈魂，爲自己在空間的座標中找到定位，這樣的想法多少影響了我後來的蔬食決定，我想藉由蔬食來實踐自己的意志，延伸自己 self-control 的想像，也透過「有所食有所不食」的行動，觀照出「有所爲有所不爲」的心性。

蔬食可看作是存在主義理論中的一種反俗眾行爲，縱觀現在的電視節目（包括新聞及所謂的新聞）、平面媒體、網路商場、部落格，美食早已變成顯學，食物可以是極其庶民的話題，也可以成文成書成一家理論，「食藝」的演練亦可從街頭巷尾的食攤到星級餐廳的奢豪。但我仍覺得絕大多數的人只知「吃」而不知「食」，或許有人覺得我實在沒有必要把「吃／食」這件事看的如此嚴肅，我也深知「吃」可以滿足人類最基本的慾望，但在現今過度物質化的時代，它已被無限量的擴大及美化，在我而言超越的太多已是不必要的，或許這樣的言論會遭到大家的嗤之以鼻以及美食家的抨擊，但這便是我主觀的意識，成就我「蔬食」的理由。

再怎麼說我們來去這個地球只是瞬間之事，在這時空中的份量又如此渺小，沒有必要替它增加什麼負擔，所以我選擇了蔬食，用地球最微小（minimal）的資源來餵養我這一具transient的皮囊便足夠了。另外，我喝的咖啡有可能破壞雨林，我吃的蘋果遠渡重洋耗費地球碳源，我的研究及實驗材料多少污染了環境也犧牲了動物，因此我用蔬食來彌補這些遺憾，總之下次再有人問我「爲何蔬食」時，我可以用這篇文章作爲回應。

2010/08/11

---

1. 包括Rynn Berry《經典蔬食名人廚房》、Carol J. Adams《素食者的生存遊戲》、Frances M. Lappe和Anne Lappe《一座小行星的新飲食方式》及Jane Goodall《用心飲食》。

蔬食的國界

二十年來旅行世界各地，食物給了我許多味覺、嗅覺和視覺的異類經驗。在法國的露天市集可以看到成堆鮮黃色的 chanterelle（雞油蕈），紐約超市裡有大如盤子的 Portobello、如白色蓓蕾的 chicory（苦苣），義大利有黃色綠色的 zucchini（櫛瓜）和色鮮欲滴的番茄，德國餐廳裡有烤 fennel（大茴香莖）。我也學會了用長得如紅色西洋芹的 Rhubarb（洋芋莢）配上草莓做甜點，不同的地方還有不同的香草植物。我對如蓮花般的 artichoke（朝鮮薊）亦迷戀不已，在我的素描簿中能常常找到它美麗的身影，以前我對於它的神秘美味只有從油漬罐頭或沙拉吧中略識一二，直到 2006 年夏天我在 Cleveland 的朋友家中作客，女主人在突然得知我食素後，立刻水煮了幾顆 artichoke，並教我剝下一瓣瓣花萼沾著 guacamole（墨西哥酪梨醬）吃，我才感受到食花的樂趣。

簡單的蔬食也可以有饕客級的享受，我雖然平日對吃食的要求很低，但藉著旅行、書籍以及無遠弗屆的網路世界，在真實與虛擬中體驗了各地的蔬食，也建立了一個另類簡約的米其林美食地圖。在紐約我喜歡去 Madison 大道上的 Dean & Deluca 買些義大利牛肝蕈 (porcini)、羊肚菇 (morel) 或是一罐松露醬，有一年夏天，在古根漢（Guggenheim）美術館出來時遇上了滂沱大雨，爲躲雨之故便進去吃個午餐，我點了白蘆筍佐義大利野蕈 (forest mushroom)，配上一片法國布列塔尼 (Bretagne) 的 crepe 和一杯黑咖啡，食量小的我甚至吃不完打包帶走。月餘後回台，見台北某餐廳打出「特價」六千餘元的白蘆筍套餐廣告時，突然覺得我的10元美金身價暴漲了20倍。另外，我愛加州混搭風的 lentil 沙拉、印度南部充滿了荳蔻、茴香、肉桂香氣的咖哩蔬菜，也喜愛美墨餐廳的黑豆湯、北非的 couscous、中東的鷹嘴豆芝麻醬 hummus。在尼泊爾 Anapurna 山區旅行時，驚異的發現高山中的餐廳竟有剛窯烤出爐的蔬食披薩，配上山中居民自製的氂牛 cheese，在藍色的天幕下，眼前六千多公尺高的魚尾峰 (Fishtail Mountains) 即是自然天成的裝飾，這足以讓世界上任何米其林三星餐廳相形見絀。

這些我鍾愛的異國蔬食在台北並不普遍，在南港更是不可奢望，原來中研院區內有個咖啡廳，雖常被詬病，但我倒是很欣賞他們的義式烤蔬菜佐 basamic 醋，在我眼裡它是方圓數里內絕對找不到的美食，可惜在餐廳易主後我就沒有機會再輕易嚐到它的美味了。畢竟蔬食的異國經驗無法在平日的生活中複製，只能偶爾在自家的廚房內做成精簡版的料理來安慰我的腸胃。

除了蔬還有果，對於水果，我也有許多跨國的經驗，初到美國做研究時對於美國梨 (pear) 嗤之以鼻，想它如何能與東方的水梨匹配，後來才發現它竟是解決剩餘紅酒的好材料，如能再加支肉桂棒下去，石頭亦可變黃金。在馬來西亞蘭卡威的夜市裡曾買過一袋碩大的龍眼（正名為 langsat）、山竹、紅毛丹回旅館和朋友邊吃邊聊，不過某同行友人所稱道的榴槤則被旅館明令禁止攜入，也是我口腹的拒絕往來戶，在泰國可嚐到新鮮的以及做成蜜餞的 tarmarind（羅望子），數年前在 Cleveland 的超市裡第一次買了鮮紅多汁的 cactus fruit（仙人掌）以及如綠色珍珠般的 gooseberry，在加州我就喜歡嬌嫩的黃杏 (apricot)。在倫敦旅行時買了一個如同 Gustave Courbet 畫中的石榴 (pomegrante) 回到旅館，卻在沒什麼工具的情況下勉強和一顆顆的紅寶石奮戰，不知西臘神話裡的 Persephone（柏瑟芬）是否吃得如我一般狼狽。在海德堡秋天的地上雖有撿不完的栗子，但我不是松鼠無緣享用它的滋味。今年在西雅圖的派克 (Pike Place) 市場內，用區區數美元買了一袋黃色的 Rainier 甜櫻桃，好心的老闆竟買一送一又順手送了一大捧給我，讓我感動加倍。

遊走世界各地後我還是必需承認台灣的荔枝、芒果、鳳梨和釋迦絕對是無可匹敵的，住家附近賣水果的歐巴桑也都與我熟識了，稍久未出現，再到市場時她們會問「今古沒來哦？」，可見水果還是個「有情」的世界。

蔬與果構築了我的吃食世界，給了我生活的能量，証明我沒有 anorexia。

後記：

此文是在三年多前寫的，現在中研院內的餐廳終於進化了一些，這兩三年台北也變的非常「食」尚，超市裡已可見到石榴、甜菜根（beat root）、芝麻菜（arugula），它們更喚起了我在國外的「初體驗」記憶。

2010/08/31 初稿 2014 後記

食素之難與難
(Difficulty and Disaster)

平日蝸居在這城市的邊緣，不喜出門吃食簡單，盡可能拒絕邀約，一切雖能自得其樂，但總是難免遇到外食的場合，最不能避免的便是參加研討會。在國外多半是buffet式的，沙拉烤蔬起司立刻就能讓我飽足，如能淋一點香橙優格、蜂蜜芥茉那就美味至極了，蔬食者隱身在人群中沒有刻意的被標簽。

對我而言真正難堪的事是發生在國內，素食有時被視作異類，因爲有一種叫「素食桌」的東西把我們隔離於人群外。另外中式素食少自然多做作，也令我避之唯恐不及。有一次我在竹南參加學術會議時，經歷了一場如夢魘般的晚宴，我在面對一道道浸泡在厚油裡的絲瓜筍乾豆輪久久不能下箸，最後只好向餐廳要了清水漂洗蔬菜上的油漬才勉強入口，讓血糖不致繼續下降，如此的素食更讓我有被視爲七十老嫗的感覺。有時候爲避免尷尬的情況發生我便未刻意訂素餐，反正只要有一點蔬菜果腹即可，沒想到我竟遇到過「全肉餐」讓我重頭至尾望桌興嘆。

不久前和同事共赴花蓮某醫學院開會，驚見該院的素食午宴上竟是半桌的仿肉菜餚，形味擺盤似乎是希望賓客食素如葷，我在以「肉」邊菜果腹之時極想請教上人難道 mock 不是一種另類的欺騙和貪欲嗎？素食有時竟是如此艱難 (difficulty)，而且災難 (disaster) 頻仍。

食素本是私我之事，我從未想要影響周遭的任何人，畢竟葷食是主流，米其林三星主廚裡不也只有 Alain Passard 一人獨尊蔬食嗎？只要你不特別崇尚鯊鮫的腹鰭、金絲燕的唾液或是北地林蛙的輸卵管就好，你吃碗牛肉麵吃客德國豬腳都不關我的事（我承認我是個鄉愿的素食者）。但我對雞精倒頗有意見，古人飼雞取肉食之尚且有理，現今絕大部份的人飽食終日肚腹上圍著一圈脂肪，竟還養雞榨汁，不過就是再多一口嘌呤胺基酸的混合液罷了。你應該不難想像出雞隻飼育場如納粹集中營，不銹鋼槽裡去了毛的雞更像三溫暖裡裸著鬆白肚皮的一堆歐巴桑。既然慈禧太后喝了萬壽烏龜湯也未能長生不老[1]，你就不該再有雞精迷思 (myth) 了，至少你少喝一瓶雞精就少一些雞的劫難。

2014/04/01

---

1. 見電影《末代皇帝》。

虛擬菜單

某報副刊曾徵求一個七十字的短文，題目爲〈貴婦〉，我一時手癢便擬了一符合尺寸的文稿，生平第一次投稿到副刊但未獲刊登，不過我仍把它留下，也許日後可以拿來回味一下。

「從大賣場回來，用數百元的斬獲做了一盤蘿蔓沙拉菲塔起司佐紅酒醋，配上法國麵包抹松露醬，當我啜下一口阿爾薩斯蕾絲琳時，直覺自己便是貴婦。」

如果有人要說貴婦哪會吃的這麼寒酸，我只能回答說我不是貴婦我不知道，但是貴婦不都要節食維持身材嗎?

如此虛擬的菜單在十九世紀初巴爾札克(Balzac)的小說中也出現過，初入社會的 Oscar Husson 先生曾虛擬了一份菜單「宴請」他在律師事務所的同事，菜單上有燉家禽雜碎、番茄佐牛舌、清燉鴿子、通心麵餡餅、巧克力舒芙蕾（soufflé），酒則包括了 Roussillon 和隆河谷地的葡萄酒和 kirsch（櫻桃白蘭地），當然也少不了巴爾札克自己喜歡的糖漬桃子[1]，顯見他在努力寫作之時不忘畫餅充飢一下，不過他在寫完之後倒是會把「虛」變「實」中飽腹囊。

2011/02/10

---

1. 見安卡・穆斯坦 (Anka Muhlstein) 著《巴爾札克的歐姆蛋》。

悲哀的贈物

在台北市不需三步五步便有超商，超商前的廣告布條明白的告知你今夕何夕，年菜、蛋糕、粽子、月餅的預購隨著時序節氣輪番上陣，再加上報紙雜誌電視新聞美食節目在旁推波助瀾，讓我們一年三百六十五天天天都在過節。偏偏我天生反骨，堅持不預購不團購，所以未識這些美食迷人之處。但縱使我故意忽略這些超商賣場網路的強烈攻勢，每逢節日還是會有快遞送來粽子月餅鳳梨酥荔枝芒果水蜜桃茶葉紅酒養生飲品，讓我無所遁逃而且疲於分送，終至心生埋怨，換得先生對我不識人情的批評，真正印証了「悲哀的贈物」（靈感來自村上春樹的書名《終於悲哀的外國語》）。

今年端午未到，一只包裝在精緻提袋內的五星級飯店粽子首先抵達，粽料有松露鴨肝鮑魚，在家中兩位非蔬食人口連續幾日享用他們的奢華早餐時，我勉強聞到了松露的味道，只是這松露配醬油糯米不知誰糟踏誰？上週末走訪一趟久違了十餘年的石碇，先生在一家據說頗有歷史的老店買了一只桂花粽解饞，打開粽葉的當下清新的桂花與糯香立即撲鼻而來，在地的桂花遠勝跋涉千里而來的松露，甚至不需五星級粽子的十分之一價錢。無獨有偶，過了幾日又收到一松露禮盒，它來自一家創始於巴黎在台北開張約莫半年的法式餐廳，在好奇心驅使下我連開了三罐松露醬可惜無一有味，遠不及我上週末在傳統市場買的埔里段木香菇，松露之美名傾刻折損，這回就叫作「悲哀的松露」吧。

2011/06/01

食在京都的遺憾與榮寵

在京都開會回來後，同事囑咐我一定要我在部落格裡寫點東西來紀念我們在京都的「飢餓三十」體驗，因此有了這一篇，我順便再將我在京都的幾個關於吃食的小遺憾也寫進來。

飢餓體驗

2011 年六月我和兩位同事前往京都參加一項學術研討會，地點正是聚集了多國領袖簽署「京都減碳協議」的國際會議中心。不過這實在是個有名無實（食）的會議中心。這次研討會和以往一樣約有千人參加，且泰半都是胃納不俗的歐美人士，沒想到這次日本主辦單位所提供的餐點卻極爲匱乏，吃飯一事便成爲大家的隱痛。像我等非眼明手快之士，往往在冗長的排隊等待後才發現自助餐檯上早已菜去盤空，只好掏出包包內的餅乾配咖啡止饑。此等現象在國際學術會議中實無多見，想來日人崇尚纖細精緻，不願端出漢堡三明治等鄙食，平時以此 diet 維持瘦骨嶙峋之姿的學者，完全忘了歐美來客用牛排餵出的啤酒肚還在一旁咕嚕咕嚕叫著。

京果子

我愛和果子甚於西式甜點，每當有機會進城經過源吉兆安或明月堂時，總忍不住買一兩個和果子以慰口福，因此在飛往京都的途中我已向同事表明了我要光臨和果子店的決心，未料一抵京都，在迫不及待嚐了一口粉色的「若櫻」後，便立刻體會到舒國治在《門外漢的京都》一書中所描述的「甜不可耐」，並且真是甜得到了讓人「感動涕零、至死亦不枉之地步」，所以京果子便成了「只能遠觀不能入腹」的東西了，遺憾啊！

京野菜

據聞京都人引以爲傲的食物之一便是他們的京野菜，從錦市場的擺設到詩詞文學中對蔬果的歌詠都足以爲證，但諷刺的是餐桌上「綠意並不盎然」（舒國治語）。我對京野菜的初體驗是在數年前於京都大學演講後，大野教授請我和他的數位同事去聖護院附近的一家傳統京野菜鍋物店晚膳，眾賓客在禪房式的餐廳席「地」而坐，雖見鍋中一抹青綠，但在數人下箸一回後便銷聲匿跡，店家亦不再補充，我才見識到京野菜的珍貴。另外我也感受到京都人對吃食真是不夠豪邁，雖一切唯美（君不見京懷石料裡中的一顆蠶豆上仍可點綴兩粒黑芝麻及一撮黃薑嗎？），但夜半在旅館中卻會飢腸轆轆，對我這種吃鳥食也飽的人而言真是難得的體驗。

京漬與塩

想來餐桌上難以見到的京野菜的原因之一是它們泰半浸在不見天日的醬缸中吧！縱使京漬聲名遠播，我實在無法對它產生認同，走在錦市場看到木桶內被米糠覆蓋的大根、茄子、胡瓜、青瓜、壬生菜「醃醃」一息的模樣，便覺可惜。縱使店家好意的提供試吃的樣品我也敬謝不敏，免得食後還得四處找水以稀釋掉口中的塩分。對於「塩」的恐懼讓我除了拒絕京漬物外，也不敢隨意在路上找家店就進去，那些像媽媽們的歐巴桑對於用塩是既大方又豪邁。

京懷石

不過這趟京都行中還是有一件讓我受寵若驚的事，就是京都大學荻原教授在下鴨茶寮所設的京懷石晚宴，單看他的食客名單幾乎都是重量級學者，我實在不明白我何德何能會受邀，且不說此，該晚自我們抵達餐廳後的每一分每一秒都沉浸在道地的日式氛圍中。晚宴先在茶室中由奉茶儀式揭開序幕，每個賓客或坐或跪在榻榻米席上，先喝一盞新綠的抹茶配上玲瓏的落雁(hagashi)，接著換到晚宴廳，盛裝的藝伎先為每人斟上一盅京梅酒，宴席上為數比客人還多的藝伎便不停的在旁斟酒及細膩的鋪陳每一道菜色，她們的優雅態度讓我們在杯盤交錯間也只能秉息慢享，在先附、前菜、向附、煮物、中皿、燒物後，接下來還有第二道煮物、揚物、御飯、香物、止椀到水物，我相信我的眼睛吃的比嘴巴多。席間還有三味線及藝伎的舞蹈表演，一場宴席下來我含笑點首鞠躬回禮不下數十次，把吃下去的丁點能量都消耗殆盡了。

這趟日本食藝的五感巡禮確實讓我體味深刻。不過我雖（膚淺的）喜愛日本，但對於日人既有如此斟美又有潛隱的修鍊，卻又處在極端的民族性大為不解，這就是菊與劍的矛盾吧。

2011/07/12

禪院盛宴

偷得半日南下訪友，與朋友和她收養的七隻流浪貓共度一宿，次日又與她造訪嘉義竹崎鄉清華山上的一座禪寺。我雖未有任何宗教信仰，但素喜有禪心禪性之人文與氛圍。到達寺院後我們隨著老尼師到菜圃拾回當日午餐用的瓜果蔬菜，中午師父用柴火在大灶上煮出滿桌佳餚，有味似莧菜的野蔬、豆豉苦瓜、清炒秋葵菠蘿蜜、胡瓜素丸湯，再加上師父們自製的破布子醃瓜及外購的海帶豆干，一頓歡喜的蔬食 buffet 便餵養了十餘位尼師、兩三位信眾和我這個外來客，我不唸阿彌陀佛卻憑白享受了一頓禪院的盛宴。

寺院有蔬亦有果，午後朋友領我到院中散步，步道行經處皆是果樹，左有香蕉龍眼，右有酪梨柚子，皆是唾手可得，大地毫不吝嗇的滋養著這些果實，無需經營無需施肥，紅橙橙的柿子垂掛在樹稍，人鳥可共食。想到數日前在 101 的 Jasons 超市中見到日本的貓眼巨峰葡萄，果粒雖碩大飽滿，怎知那不是厚重氮肥滋養的結果，尋常瓜果竟可變成資本主義經濟體系下的炫富產品，物何需有貴賤之別，人能知足便可。

但見蘇軾亦樂於在麥田求野薺，於僧舍煮山羹（超然台記），我雖不至於需要荷鋤理荒穢（尤其是沒有綠拇指的我極可能越鋤越荒），而且在此時此刻也沒有想要學都市新農享受擷園蔬而食的樂趣，不過能過著「布衣蔬食、以文籍自娛」的素樸生活，便吾願足矣。

2011/09/28

之二 關於飲

——酒與咖啡是人類靈魂的安慰劑

咖啡道

關於咖啡的文章多不勝數，但每個人的經驗、味覺及感情皆有不同，因此每篇咖啡文章仍有它獨特的風景。現在四處林立的超商和連鎖咖啡店早已讓咖啡成爲普羅飲品，但在我生活的周遭像我一樣嗜咖啡如命者卻不多見。我對咖啡最早的記憶是來自在大學宿舍的夜讀場景，在昏暗的燈光下總有一杯冷掉的即溶咖啡，雖然那種毫無香氣，甚至酸掉的黑色液體終至面臨被倒掉的命運，不過它仍然每天在我堆滿了厚重的原文書、課堂筆記和私密信札的書桌上找到一塊安身之地，伴隨著鄭京和的貝多芬小提琴協奏曲一起陪我渡過安靜的夜晚。

直到十六年前開始在 New Haven 生活時才感覺到咖啡是有溫度的，每日清早步行至實驗室時會經過 Dunkin Donuts，在大雪紛飛的冬日一定得進去用咖啡的溫度回暖，聞一下榛果或香草的香氣，但要喝到一杯真正的咖啡則要在下午獨自或與三兩位實驗室的朋友走到 Chapel Street 上的 Willoughby's，店內的咖啡壺裡裝著一兩款單品、特調 (house blend) 或榛果，付錢後便自行取用，有時再帶個半磅肯亞 AA 或哥倫比亞補充宿舍內的咖啡罐。至此我仍未終結一日的咖啡之旅，入夜後的 Chapel Street 雖然僅留下昏暗的路燈照映著稀有的夜歸行人，但在路的盡頭有一家 Atticus 書店仍釋出微明的燈光，在它雅痞式的吧台上仍能點一杯 black 或 capuccino。咖啡總是安慰著遠遊的我，讓我在孤寂的異鄉還有生活的能量。

咖啡更是在不同的時空中伴隨著旅人，從機場的角落到全球化速食鎖店、Starbucks、美式雜貨店裡的自助咖啡吧到處都可找的到它的蹤影，讓人小歇片刻。有人喜愛街頭巷尾各具風格的咖啡店，看書上網消磨數小時，我甚至在尼泊爾三千餘公尺高的 Poon Hill 上都見過咖啡的蹤影。旅人的行腳也追逐著具有城市和歷史象徵意義的咖啡館，巴黎的花神 (Cafe de Flore) 和雙叟 (Les Deux Magots)、布魯塞爾的 Falstaff、巴賽隆納的 l'Opera、維也納的 Schwarzerberg 和 Sacher、羅馬的 Greco 還有佛羅倫斯的 Gigli，我也試著走遍這些地方去呼吸一下百年的空氣。咖啡可以有思想有內涵，也可以僅有膚淺的表象，文豪哲人凡夫俗子人可一杯，深度隨人而異。

我不懂咖啡，而且我的味蕾也是相當遲鈍的，多年來我一直喝蘇門答臘的

Golden Mandheling，有時也買爪哇的 Sulawesi、新幾內亞的圓豆、葉門 Mocha、夏威夷 Kona、瓜地馬拉 Huehuetenango，但是不甚喜歡肯亞、巴西或哥倫比亞偏酸的豆子，每個嗜咖啡人都有一張自己的世界咖啡地圖。一如品酒，我不隱瞞我對白酒的喜好，之於咖啡，我也愛饕客嗤之以鼻的 flavored coffee，2009 年在美旅居數月期間，我每日總要有片刻陶醉在綠山（Green Mountain）或手指湖（Finger Lakes）咖啡店的異香中，香蕉糖霜、奶油核果蘭姆、焦糖蘋果、提拉米蘇、肉桂榛果、香烤杏仁、德國巧克力、法國香草、法式焦糖布丁、愛爾蘭奶酒、蘇格蘭太妃糖、南方胡桃、白色俄羅斯，這些炫惑的名字是不是甜點而是不折不扣的咖啡，可是兩者又有何異？我最愛的還是瘋狂亞買加（Jamaican Me Crazy），在那被義大利杏仁酒 Amaretto 薰陶過的豆子煮出來的瓊漿玉液中，我似乎給我的靈魂找到了歸宿。

咖啡的身段是有彈性的，走進咖啡店後你的手中可以是一個紙杯、一個馬克杯、一個骨瓷咖啡杯或像我一樣的保溫隨行杯。咖啡也是可以沒有空間的束縛，沒有時間的限定，你可以 take out，也可以坐下來一小時乃至一天。咖啡可以是深淺不同的黑，可以或多或少地混合著牛奶，奶泡、奶精、奶油，或是用 Whisky 調出 Irish、用 Amaretto 調出 Italian Classico、用 Rum 調出 Einspanner，但我更愛加了 Brandy 後那種令人心醉神馳的香氣。

多年來我對於咖啡已有了自己的一套標準，任何交到我手上的咖啡若是混合了奶製品便不再是咖啡了，Cappuccino不是，Mocha、Latte更不是，我只要black，然後自己親手加一點奶精，因爲只有我自己瞭解何謂「一點」，咖啡的溫度更是關鍵，不燙的絕對不要，但這簡單的要求竟變成我挑剔咖啡的証據，在絕大多數的情況下，走進會議室裡看到的儘是充滿著奶泡而且半冷不溫的咖啡甜飲，我只好將它冷落一旁，似乎想要一杯簡單卻符合我標準的咖啡反而變成一種奢侈的妄想。

我同情戒菸不成的癮君子，因爲我對咖啡亦有共生共死的倚賴，我常想還要多少的修鍊才能在我的身體餘燼裡找到咖啡舍利。

2010/07/15

與李白共看明月

搬入潛舍後過的第一個中秋節也是第一個沒有女兒在家的中秋節，我和先生兩人十分難得的一起去了 Jasons 超市。

我一向以貫徹蘇軾於〈超然台記〉中寫的「齋廚索然、日食杞菊」、「果蔬草木、皆可以飽」，食不爲口腹，反正「咽喉一過總成空」，何不「清虛惜福」（蘇軾〈戒貪饕〉詩）。不過即使在 Jasons 裡採買節制，我仍在籃中攢了一盒加州香檳葡萄、一罐法國玫瑰花醬（此時想到在巴黎聖路易島附近一家土耳其甜點店的香味）、一塊法國 Roquefort 藍黴起司、一罐乾燥的義大利牛肝菌 (porcini)、一瓶日本山葵，走過酒區時一眼即看見匈牙利的 Tokaji，當下高興極了！正當我掄起一瓶時，銷售小姐立刻過來強力推銷她的智利晚摘型 Sauvignon Blanc，我便放下手中的匈牙利帶走了智利，走出超市後嚐了兩口瑞士 Movenpick 的黑醋栗 sorbet，又買了幾顆 Laderach 的巧克力，算是過中秋節吧！

不過罪過啊！平日我「節能減碳」的口號被這一袋飛越半個地球而來的食物徹底打敗，最後終於在一臨時攤位上買了一瓶本土的櫻花酒來平衡一下袋內的食物里程（food mileage），這瓶酒又讓我想起一款在京都到喝到的櫻花清酒，它令我念念不忘，一飲後就像見到春天的粉櫻。

今天我有了一袋美食就只能將蘇軾放一邊，讓他自己「餔糟啜醨」，可憐蘇軾，是否他又要感嘆「中秋誰與共孤光」[1]？今夜就讓我與李白共看明月，讓千古月光照今樽[2]，再斟上一注如瓊漿般的智利長相思（Sauvignon Blanc），不讓「金樽空對月」[2]。

2011/09/19

---

1. 蘇軾〈西江月〉。
2. 李白〈把酒問月〉和〈將進酒〉。

品酒之我見

我不識法文，但深深著迷於法文的腔調以及一切和法國有關的事物，其中一項便是葡萄酒。第一次接觸葡萄酒是二十年前在法國 Alsace 參加學術會議時，大會安排了一項酒莊參觀的活動，彼時我對於葡萄酒以及 Alsace 這個知名的白酒酒鄉一無所知。後來在美國住了三年，發現帶一兩瓶葡萄酒去參加 party 或 potluck 不啻爲一種省時省力的送禮方式，也因而有了一些選購葡萄酒的經驗。時隔多年第二度接觸葡萄酒是基於一時的好奇，我報名了台北一家號稱五星級廚藝教室所開的品酒課，之後又陸續參加了各種不同文創機構的品酒課或演講，在鎮日鑽研學術的壓力下，偶爾用個星期天下午與五、六位或十幾位陌生的「同好」（不過好亦不盡相同）聊聊非關學術之事，曾是我多年前舒解壓力的方法之一。

後來藉著去法國、義大利甚至美國開會之際亦參加了一些品酒課或參觀酒莊，漸漸增加了對葡萄酒的瞭解。由於我的腦子還算擅於記憶與分析，我很快的把一堆葡萄酒書裡的知識和上課的講義筆記整理出來，縱使是利用我連音都發不對的法文字，也能繪出一張自己的品酒圖譜，最後竟然在不識或略識葡萄酒的朋友之間變成他們的品酒顧問，想來都覺得汗顏。

但我絕非品酒饕客，因爲品酒的首要條件是需要「有錢」，幾乎在所有品酒相關的書或文章中，作者都會有意無意的透露出他如何鑑賞了 Bordeaux 五大酒莊的酒或是 Chambolle-Musigny 莊園的 Burgundy，要不然便是拿 St. Julian 或 Ch. Mouton 的 Bordeaux 或是 Vougeot 的 Pinot Noir 來佐餐，我當然非此族類。

再則品酒要有好的味覺，而且這些敏感的味覺接受器要能將訊息傳導至大腦，在即刻間組合成「帶點薄荷、黑醋栗、洋香槐味道」的句子，甚至再加一些稀有的形容詞，例如松露蜂蠟雪茄或是椴樹忍冬芍藥，讓人更覺高深莫測。不知是否是我的味覺基因或是神經細胞的訊息傳遞路徑 (signal transduction pathway) 有些缺陷，我始終無法品嚐出或分解出這些香氣裡的元素，只能用最簡單或是盜用來的文字去形容剛嚥下的一口葡萄酒。

會品酒的人可能極少有素食者，饕客認爲紅酒裡的單寧正好可以 match 義大利 Salami 臘腸、蒜烤腓力、茄汁牛肉或迷迭香羊排，輕盈一點的則配海鮮雞禽，我這般蔬食者和他們不是一國的，所以只好又去上了幾堂葡萄酒配乳酪的課，因此學會了拿 Rhone 河的粉紅酒配 Mozzarella 或是有一點核果味的 Reblochon，拿 Alsace 有荔枝香氣的 Gewurztraminer 酒配臨近產地的 Munster，用單寧重的紅酒配上比較 salty 的乳酪，那藍黴味道濃重的 Roquefort 呢？竟然配我最愛的甜白酒。素食客還有另一項選擇便是拿葡萄酒入菜或做甜點，我用紅酒加一些肉桂燉煮西洋梨或蘋果，用甜酒煮草莓配上一點香草冰淇淋，要不然拿 Sauternes 配一塊巧克力也可以，但是真正的品酒客可能對於拿酒配乳酪做甜點這種小眉小眼行徑是不屑一顧的。

總之，像我如此不符合品酒條件的人只能走飲酒的「旁門左道」了。

2010/09/29

品酒之外道—甜白酒

在品酒饕客中的眼中，白酒絕非正道，而甜白酒更是道外之道，縱使它被正宗的品酒客視如敝屣，我還是得承認微甜白酒是我的最愛。當然嗜喝甜白酒的人仍會各有所好，如果要寵愛自己一下的話，我會買瓶產自法國 Graves 一帶的貴腐 (Nobel rot) 甜酒 Sauternes，普通的時候也可能會買西南區 Monbazillac 的酒替代，總之我就是喜愛陶醉在 Semillon 蜂蜜般的香味裡，不過至今我尚未找到一個去買 d'Yquem（依昆堡）來犒賞自己的理由，所以它仍是我夢中的海市蜃樓。

此外 Alsace 產區具有濃郁荔枝及玫瑰香氣的 Gewurztraminer 也在我的酒單中，我也常選購一些平易的德、義微甜白酒，例如義大利 Piedmont 地區的 Moscato d'Asti 或是 Asti Spumante 氣泡酒，德國晚摘型的 Spatlese 或是經過選串的 Auslese。在美國喝便宜的白酒，就非 White Zinfandel 莫屬了，有多便宜呢？便宜到在學術會議的「辦桌」晚會上放著讓你隨意喝。除了以上「喝」的酒以外，藉著旅行或一些機緣我也在義大利品嚐過用風乾葡萄釀製的甜酒，像是托斯卡尼的 Vin Santo 或是西西里島的 Zibibbo，不過這些酒甜膩到只能做 dressing 或 dipping sauce，有一年在 Chianti 山區的餐廳裡用餐，我才知道原來義大利人還會拿 Vin Santo 配 biscotti 做餐後甜點。

我究竟有多喜愛白酒呢？一位好友知我平日皆蟄伏在家不喜出門，偶爾邀了幾位學界的朋友聚餐，每次來電必說明替我保留了加州帶回來的 Chardonnay 或是在德國買的一瓶 Reisling。在最近一次的聚會中，我愕然發現餐桌上一瓶爲我準備的 Rheinhessen（萊茵森）Auslese，正是我冰箱裡那瓶數天前開了尚未喝完的同款酒，朋友的相知與盛情確實讓我深受感動，因此總難以回絕他的邀約。

我亦非常喜愛 fortified wine，我指的就是葡萄牙的 Port 及西班牙 Sherry，當然在這些紅葡萄酒的甜和不甜之間還有非常多的生化知識，非一語能道盡，有一陣子我的小酒櫃裡總會經常放著一兩瓶十年的波特，我對於這麼甜的酒當然也僅能輕輕啜一兩口以甦醒一下工作後疲累的腦細胞，喝 Port 就像喝 Espresso 一樣吧！至於甜到令我投降的 ice wine，只能羅列在櫃中純供觀賞罷了，冰酒就像

latte 一樣，我對它只能敬而遠之抵死不喝。

至於東方的甜白酒呢？在我所知無多的中國酒裡，我首推芬芳馥郁甘醇味美的陳年女兒紅或花雕。日前邀請一位我已認識多年的 Colorado 大學教授來台演講，某日晚餐後順便請幾位同事一起至家中小敘（小續），正巧我有瓶甫自上海買來的十年女兒紅，這位美國朋友喝了一口從卵青瓷瓶中倒出的蜜色瓊漿立即讚嘆說像是 **Fino Sherry**，是啊！我從未想過這麼 **match** 的比喻，可見甜酒的魅力自古至今不分中外都能醺（薰）陶識（嗜）酒者的魂魄。

我以紅白爲經甜度爲緯，在我品酒地圖上繪出陸地及海洋，經過多年的探險，高山平原暗礁海溝亦已漸形分明。

2010/09/29 初稿 2013/05/04 修改

品酒再一章

寫研究計劃寫的失去了 sense of life，在終於交差後想起了自己還有一個快要長蜘蛛網的部落格，其實有一則故事已在心裡蘊釀了一陣子，也重複說了好幾次給不同的朋友聽，因此我就決意寫下來，下次再遇到有機會說這個故事時我就只要說「請看我的部落格」就行了（有點村上春樹的口氣）。

很多年前沒有什麼特別的理由曾去上了幾堂葡萄酒的課，到國外旅遊時也看了一些酒莊，從此之後朋友便誤以爲我有些段數，殊不知我仍是一介草包，爲了不要揭穿真相我就只好繼續裝模作樣玩弄一些 tricks。

今年過年前後我非常不得已的參加了一些推拖不掉的飯局，某日某所長在一素負盛名的江浙館請客，我走進餐廳時僅有所長及兩三位我不太熟悉的同事已正襟入座，不過交談尚未熱絡。桌子正中央放了兩瓶酒，我眼力尚可瞄到酒標，不出所料這位從加州回來的所長帶來的正是加州酒。等客人全數到齊後，服務員把酒撤下開瓶並端菜上桌，沒想到第一瓶 Robert Mondavi 斟好在賓客的杯中後我立刻被所長點名，「聽說您懂酒，說說這酒如何」，我被這突來的問題嚇了一跳，但故作鎮定立刻接上「新年在即，加州的 Merlot 給大家帶來一點有陽光的花果香氣，很適合今晚的氣氛」，謝天謝地，還好是加州酒，要是放的是法國酒，若不讓我細看產地我也很難瞎掰。當換上第二瓶 Kendall Jackson 的時，我又被考了一次，此時不勝酒力的我已兩眼迷濛，所以在裝模作態喝了一口後，對這種只有美國佬才喝的 100% Cabernet Sauvignon 說了幾句不甚討喜的話，幸而我尚未醉的完全失去神智，瞄見同事給我警示的眼色，啊！我想我是說錯話了！正尋思下台階時，服務生端了一盤左搖右晃的東坡肉進來，我便接口說「不過單寧重一點的酒正好和醬肉相得益彰」，算是淌著冷汗過關。

過了數日在某大學研發長的餐會上，主人帶了兩瓶法國 Bordeaux 的酒，我又被點名發表意見，我先略瞄酒標作弊一下，幸好一瓶是 Pauillac 另一瓶是 Saint-Julien，我作勢品了一口再不露聲色的把書上的句子背下「前者飽滿豐富，後者香氣馥郁有層次感」，因此又瞎過一關，至少沒人拆我後台，讓我的名號掃地。在另一場餐會上，這位研發長（不知是否故意的）羅列了十餘種不同的酒在餐櫃上，待我到達時已有院長級的人物在座，我這位老兄向眾賓客誇讚我的識酒本領，我想這冤枉和麻煩都大了，當大家的目光集中在我身上時，我竟舉目一見 Vosne-Romanee，唉！這簡直像洩了題的考試一般，我又得以輕鬆自若的賣弄一番過關。

不過此種詐術仍要看場合用，曾有一次翰林院院長在五星級飯店宴請國外學者，主加客一共不過六人卻坐在一個可容納二十餘人的包廂內，圓桌上各式杯盤刀叉在水晶燈下閃閃發亮，服務生拿祕書已預先點好的菜單讓院長過目，同時也發給每位賓客一份，我瞧了一眼葷食菜單，裡面盡是魚蝦海鮮。此時服務生請院長選酒，賓客們也都隨著院長翻開酒單，天啊！這酒單真貧乏，法國酒裡僅有一款 Bordeaux 一款 Burgundy，我想這樣選也不用選了，當然是後者，沒想到十五秒鐘之後院長說「Bordeaux」，我雙眼睜大不敢出聲免得丟了工作，不過我學會了「另類」的必要，要「另類」才能創新 (innovation)，科學才能進步。

過完年後不久，我和同事們一起跋涉至花蓮與該地某醫學院合辦學術研討會，我受託買好晚餐用的佐餐酒，在預算不多的情況下我選了一箱06年份 Haut-Medoc 區 Cru Bourgeois，再用餘錢買了些普通的 Burgundy 及義大利的 Chianti 充數。晚宴進行到一半時，該醫學院的院長過來敬酒，還特別謝謝我替晚宴選酒，我很恭敬的回說「不客氣，今天的酒的確不錯，謝謝您的欣賞」，這是我的肺腑之言，因爲這過年前後喝的沒有一款比得上它，既有香草及莓果的香氣又順口如絲絨（這是真的，不是書上說的），況且在證嚴法師的光環下我怎敢胡說。晚宴快結束時我去盤查剩下的酒量，赫然發現服務生把用來充數的 Burgundy 和 Chianti 都放在院長所長的主桌上，所以他喝的不是我喝的（好酒），剎時我的臉綠了半邊，這實非我的本意，幸而沒人來揭穿。

日前我和一位朋友被教育部點名去做審查，我們埋頭在堆積如山的資料中一整天，中午僅用十分鐘的時間休息午餐，此時朋友拿出一本書《指南》（作者 DRE，寶瓶文化出版）來消遣一下，其中有一篇〈葡萄酒大師之路〉，裡面開宗明義說「讀完本書你將增加一甲子的功力」，不過我希望看過我這篇的朋友至少在騙術上能更上層樓，我的意思是能騙的時候就裝模作樣一番，不能騙時就把嘴巴閉上。

2013/04/03

卷五　宅女出門

宅女出門一是為了工作二是為了逃避，偶爾才是為了真正的 break，行旅的戳印蓋滿了護照及生命的簿子。

彼島正陽光燦燦

2007年的除夕夜，我們應先生朋友的邀請一起出遊，這對我們一家三口而言是極其難得的機會，而更重要的是能讓我在新年假期避開充滿了喧鬧且重複不變的電視場景、無謂的人情往來，還有冷颼颼的空氣。

年夜飯後，我們在機場等待午夜前往普吉島的飛機，抵達島嶼時已是午夜與黎明的中間，我們進駐一家濱海的渡假中心，房間周遭是植滿棕櫚及熱帶植物的花園，園中的涼亭及海濱的甲板便是我們日後用膳之處。早餐後我和先生走到空無一人的海邊，在躺椅上享受著完全不同於台北的溫度與視野。雖然如此，我仍帶著我的 Macbook 面對著藍天和海洋工作，而且還很努力的推敲著螢幕上研究報告的字句，這海灘應要怨我爲何辜負它大好的美景。我自知在那幾年中工作的沉重枷鎖確實像魔咒一樣的如影隨行，並且蠶食著我的身心，我已不復以往的我，過去的我已泰半出走了，留下的幾乎是一只空殼。在普吉島海岸，我企圖尋找自己的靈魂給它一點安慰。

在島嶼上度假的數日間我們就如大多數的遊客一般陪著小孩走訪了所謂的必遊景點，我也得以暫時擺脫羈絆我多時的工作。另外的一個意義是我們企圖讓女兒在叛逆的途中煞車，該時我生命中的一項遺憾便是我一直無法深入女兒的心靈及生活，我們母女一如平行的線，長久以來極少交集，她對我的疏離似乎是在懲罰我在她襁褓之時遠去他鄉，當我歸來時我們竟然格格不入，我們之間的裂隙在她青春期崩壞的更形嚴重。在這趟旅程中，同行的朋友體會我的憂心替我居中溝通，設法填補我們母女之間的鴻溝，朋友的貼心確實讓我感動，女兒也有同感。

我彼時只希望一切就此能如島上燦燦的陽光一般，把台北的、我自身的以及我和女兒之間的陰霾一併拋開。

後記：

再看此文，普吉島之旅似乎已是遙不可及的往事了。這幾年女兒和我們當年同行的友人甚至成了忘年之交，令我始料未及。世事在變，至少我和女兒還曾在紐約中央公園的池畔旁、在 Niagara 的飛瀑下、在舊金山到洛杉磯百無聊賴的長途車程中一起分享過無言的時光，現在也透過 Wechat 傳遞一個句子一個表情一張照片，相信世事還會再變，再回首仍是前塵往事，不過其中甘苦已銘刻在心。

2010/07/13 初稿　2014 補記

尼泊爾天籟

每當新年將至我又得尋找叛逃的去處，2009年的那次絕對是個徹底的大逃亡。雖然尼泊爾是我的夢土之一，但始終找不到去的理由和機會，好友麗蓉的大膽提議促成了我親臨此香格里拉的機會，不過在深冬時刻去挑戰一個畢生未曾有過的經驗，讓自己不免躊躕，但我深知遠去異鄉是遁逃的唯一方法，於是給45歲的自己下了一個戰帖。

在舊曆新年前的一個傍晚，我與麗蓉一家前往機場，我們於深夜飛抵曼谷。我在一杯 dry martini 後，於機場的旅館小睡片刻，次日再搭機前往加德滿都。此後我們便逐步遠離文明，在前往旅館途中車子行經市集，我對觸目所及的一切並沒有太驚訝，在塵土飛揚人聲沸沸的市井中，看著地上待售的蔬果與成堆的垃圾比鄰，我領悟到世間已無分貴賤，在這裡生存是底線，無需財富頭銜來做矯飾。晚餐在旅館旁的 Third Eye 喝了 Mustang 產的 Marpha 蘋果白蘭地，夜晚便在無燈的旅店勉強小憩等待天明，因爲沒電，我自己帶來的小電毯、ibook 和煮咖啡用的電湯匙完全無用武之地，只能待在我冷冷的背包中。

次日早上我們一行人在沒有時刻表的機場與文明做最後的掙扎。飛抵Pokhara後入住麗蓉預定好的Fishtail Lodge Hotel，其房價幾乎可媲美曼哈頓的旅館，但據說湖中的Fishtail山峰倒影是世間少有之絕色美景，可惜細雨綿綿的天氣令我們無緣親視。晚上麗蓉依Lonely Planet書上的建議帶我們前往New Everest Steak House用餐，其實我倒期望於市集中隨緣塡飽皮囊便可。尼泊爾讓我有再次品味印式香料及烤餅的機會，接著數日我亦幾度淺嚐當地的佳釀。是夜，我被久未目睹的滿天星辰所震攝，原來天空可以容納這麼多的星星。

第三日一早我們便隨導遊及挑夫乘車前往Birethanti的登山口，從此開始進入一個沒有時間的國度，起初在輕鬆的步行中穿過一個山中村落，眼前的景緻還尚存一絲農村氣息，村民在路旁販售當地極小的橘子給登山客，偶有驢隊經過進行著簡易的商業交易活動，一切好像回到數世紀前，即便如此，這也已是文明的終站了。

我們在傍晚抵達Tikhedhunga，夜宿在一個叫做Laxmi的小棧，雖然房間簡陋不堪，但窗外連綿的山景卻是無可取代的，我帶著 Sarah Breathnach 的《Simple Abundance》中譯本，彼時的情景似乎非常適合讀這本書。事實上在經過數日山中生活的淬煉後，我似乎對人世已無欲無求。山中旅舍的天然廁所就如同谷崎潤一郎在《陰翳禮讚》裡所寫的─在裡面能「諦聽蟲鳴欣賞鳥語」「咀嚼四季風華」。入夜後我們就著微明的燈光在繁星滿天夜幕下晚餐，由於在此任何用電的行徑都是奢侈的，因此只得逼迫自己早早入睡。

翌日三點多醒來，天色仍然黝黑，我伴著如急雨似的風聲在電腦前苦思著學術報告上的字句，偶有經過的驢隊用鈴聲和蹄聲暗示著這個世界的存在。早上的路程相當辛苦，一路盡是攀升的陡坡，雨季破壞後尚未恢復的路面及一路的落石讓旅程更具挑戰，我幾乎將體力耗盡，幸而下午進入有溪流穿梭的樹林才稍緩和了旅途的疲累，此時我們已達接近三千公尺高的 Ghorepani。由於此處具有稍具規模的山中小鎮，我們得以在堪稱星級旅店的 Poon Hill 客棧歇腳，晚上在室內爐火旁度過中國人的除夕，然後便伴著窗外 Annapurna South 和 Fishtail 的美景與星光入睡。我們爲此峰峰相連的白雪山頭而來，如今雖已近在眼前，我卻感覺有些恍忽。

由於極度疲倦我竟一覺睡到清晨五時許，我和同伴立刻用衣物包覆著全身抵抗冬日山上的寒風前往 Poon Hill，一路經過山脊稜線，遠眺四週綿延不絕的藍黑線條，在天色未明萬籟俱寂的清晨更覺大地有種神秘的吸引力。到達山頂後我們便靜待日出，但在晨光乍現時分我的心情反而徒然低落，似乎橘金色的俗媚氛圍僅爲取悅湧入的人群。下山早膳後我們再沿著稜線前行，行經之處多爲樹林環繞，Fishtail 在左側時隱時現，我一路前進一路體會一山又比一山高的況味，研究的路途何嘗不是如此，群峰較勁各顯高低，另外亦體會到沒有痛苦的付出何來獲得。是晚夜宿 Tadapani 的旅店，晚上啜飲一杯當地稱爲 Roxi 的小米酒，此時我已習慣了山中極其簡陋的一切，人生似乎無需任何欲求如此便可。

第四日的路程輕鬆許多，所經之處多爲森林，可是數日下來累積的疲憊已在身上發生作用。我們雖已漸漸遠離 Annapurna 的群峰，但轉身一見，它卻有如咫尺之近。我們約莫在中午抵達一民宿餐廳（Family Cottage），四周山野的美景竟讓我想長住於此，在享用了一頓山中的米其林午餐後，一名挑夫領我先行下山。下坡路程雖堪稱輕鬆，但我似乎已失去意識，僅任雙腿不斷踏步前行，也漸漸走回文明的邊緣。途中我們於一處旅舍小歇，我頗有興味的看著民宿女主人用簡陋的爐具準備當夜的晚餐，即便如此卻菜色豐富菜香四溢。然後我隨挑夫繼續前進，大約在傍晚時分到達 Honest Lodge，並成爲該晚唯一的住客。店主待我如上賓，我獨自在戶外竹棚餐廳用完晚餐，再點了兩杯酒勁強烈的 Mustang 咖啡催眠。次日在天未透亮時分即醒，四週田野十分寂靜，我就著一明一滅的微弱燈光勉強讀書，早膳後繼續下山走完最後半天的行程，當一切回到原點時，我在 Birethanti 買了一顆天珠（雖然我從未相信它是真的），以此作爲曾接近佛陀天堂安娜普娜的証據。

午後搭機返回加德滿都，又回到 Guest House，此次入宿一間較優渥的客房。次日上午一如往昔早起，先在花園享受寧靜的晨讀時光，然後想乘早趕往市集瀏覽市井生活，雖然在前往 Durbar Square 的途中與人力車夫發生不太愉快的爭執，我仍滿心好奇地漫步於人車混雜的市街，此地的甜點色彩繽紛，頗有土耳其、印度的風味。其後雇了一名導遊走訪周遭的皇宮與寺廟，即爲尼泊爾之行畫下句點。

晚上抵曼谷機場，竟在極具現代感的舒適旅館中無法入眠，夜讀一晚至天明，飛抵台北後，終於完成了一段身和心的雙逃亡之旅。

2010/07/10

旅美散記

前言：

這是2009年夏天我在紐約州Rochester大學三個月的札記。這趟令我五味雜陳的旅程始於45歲生日的當天，我先飛抵Wisconsin參加一場學術會議再前往Rochester，三個月的生活竟在我人生中如一場夢般的飄忽。

紐約市中央公園 (Central Park)

這裡是我在紐約的最愛之一，而紐約又是在我的世界地圖裡一個令我一再回首的城市，她有著縱向及橫向的深度，她曾讓西蒙波娃(Simone de Beauroir)寫下「紐約的空氣蕩漾著某種難以言喻的魅力，睡眠因此變得多餘」，亦曾在歐姬芙(Georgia O'Keefce) 的畫筆下透露出夢幻又神秘的氛圍，而我一個膚淺的過客實在不足以描述她。這次和女兒兩人遠離紛嚷的市區，靜坐在公園南端的水池旁，看著不遠處一座近似莫內花園的拱橋 (Gapstow Bridge)，橋上遊客雜沓，而我們卻能在鬧中取靜，何等人間啊！

高地公園 (Highland Park)

這是紐約州羅徹斯特 (Rochester) 市區中著名的百年公園，在一寧靜的週日清晨，我徒步至公園，於松樹下覓得一席未被露水浸溼且覆滿松針之地，在讀書寫文章的兩小時餘，僅有松鼠相伴，偶見晨起的居民從遠處經過，幽靜之氣氛難以言喻。回程途中行經極大一片墓園，感慨人世滄桑何事需執著，終是一坏塵土。

蔓苳雙湖公園 (Mendon Ponds Park)

在一雨後的下午和以前的研究助理雅雯開車前往 Mendon 雙湖之一的深湖 (Deep Pond)。我們沿湖畔而行，有時在林中散步，有時與垂釣的人閒話，偶見麋鹿與松鼠擦身而過，四周竟是如此幽靜，難怪百年餘前 Henry Thoreau 願繭居於 Walden 湖畔，追尋自在淡然的生活，簡單樸素竟可讓人如此心動。在三個月的旅美研究中，女兒來訪三週，有一日與女兒誤入公園之沼澤小徑 (Swamp trails)，深入其中近三小時不僅未見水池之蹤影甚至迷失了方向，森林深處幾乎杳無人跡，四周多是溼地沼澤或灌木叢林，也有高聳遮天的針葉樹林，但情緒焦急的我們實在無法放懷享受，終於在經歷幾番嚐試後覓得出口。

楊絲鎮 (Youngs town)

「A village typifies who we are.」

虛擬的網站的漫遊 (virtual navigation) 將我因緣際會的帶到位於紐約州西北角的楊絲鎮，結果我和女兒真的來了而且還住了兩日。千百年來，流經小鎮的尼加拉瓜河 (Niagara River) 無聲無息地將河水滙入安大略湖 (Ontario Lake)。二百年前英法軍在此交會，留下與小鎮氣氛格格不入的碉堡與砲台，或許因爲沒有驚心動魄的瀑布，小鎮幾乎被世人遺忘，無論何時都似乎杳無人煙，夏日的午後更見其慵懶與緩慢之步調。不過我們在此享受了兩日 timeless 的夏日夜晚。

綺色佳 (Ithaca)

我和女兒開車自 Rochester 東行至 Cayuga 湖北方的 Montezuma，途經一處沼澤散佈的野鳥保育區，停留了一下再沿湖南行至 Ithaca，終於在夜晚毫無天光的時分尋得位於小丘上的 Frogs Haven，這真是一處令人難忘的林間民宿。而我竟在這僅有蟲蛙鳴唱的夜晚無法入眠，於是就著微明的燈光將 Lucinda Holdforth 的《True Pleasure》譯本讀畢，爾後請相談甚歡的民宿主人 Sabine 於書扉簽名。這位寡居德裔主人的書架上收藏了許多關於藝術及女性意識的書，她並特地將 Sarah Breathnach 的《Simple Abundance》展示於書櫃中央，讓我想到半餘年前這本書曾伴我於尼泊爾山區中度過數日。而今繞過半個地球，竟有一個人的藏書能與我的靈魂如此 match，令我驚訝。Sabine 的牆上亦掛了幾幅頗能吸引我的油畫，我們在她指引下前去一個二手市場尋覓，我也以極微之代價購得一幅，並在一張舊卡片上發現二十世紀初美國畫家 Martin J. Heade 的畫與我的《Magnolias》有神似之處，種種交錯，似有安排。此行令我極度渴望能就此將自己放逐，在心靈深處擁有一個 Walden Pond，然而煩瑣的世事壓著我前進，不知何時才能停歇。

尼加拉瓜瀑布 (Niagara Falls)

「Spirit to warm a person up from the cold」

和遊客乘船至瀑布下方，不由得感嘆萬物天成何需人爲，在氣勢磅礴的水瀑下，水氣迷漫，千古以來又有多少人能視得其真面目。Luna 島（月島）位於 American Falls 上方，蜿蜒在樹林間的潺潺水流穿過溪間小石，真是難得的靜謐佳境，不過難以想像在不遠處即是湍急傾瀉的瀑布，動靜僅隔咫尺。

食趣

在 Rochester 生活期間，每天早上都到綠山咖啡買一杯用香料烘焙過的咖啡帶進實驗室，簡易吧台上的保溫瓶裡有南方胡桃、榛果、雨林核果、野山藍莓、焦糖香草、摩卡核果奶油糖、覆盆子松露巧克力不勝其數的種類，除此之外，我更愛 Finger Lakes 的瘋狂牙買加 (Jamaican Me Crazy)。每至紐約，必經 Madison

大道上之Dean & Deluca，極其「有味」地觀賞他們烘焙、香料、熟食、乳酪各區。有一次滂沱的大雨把我trap住，我便以一客義大利野蕈烤白蘆筍配法式Crepe爲午餐，有時會在前往大都會美術館的途中經過那裡外帶午膳。我曾極渴望做一名New Yorker，能在週末清晨至中央公園慢跑，然後到很chic的咖啡店買一杯熱咖啡配一塊馬卡龍。我也和村上春樹一樣著迷於紐約街頭的pretzel，因爲我曾在他書中看到他寫「The streets are filled with delicious smell of roasted pretzel」，但我僅能聞其香，因爲一個pretzel不知道得佔掉我幾個胃。

瓊

回到New Haven無非是要見我以前在Yale的指導教授Joan。過去幾年太多的人替她傳達她對我的關懷，這是一個不能還的債，眼前的她已漸漸老去，一陣相擁寒喧，她遞給我一本無名作者的書，內容是關於女性的學術研究。在我演講之後她設宴於Ibiza，此以西班牙伊比薩島爲名的餐廳正是她十三年前爲我餞行的地方。在燭光中我們啜飲 Tempranillo 紅酒，我以我的尼泊爾之行向她証明我對人生的熱情，期望減低她對我的焦慮。終究，在此一趟New Haven之行後，我仍是負債的。月餘後與Joan在冷泉港會議上再度相會，一如以往，我很難在人群中找到機會和她多談，但於臨別時刻，她特別留下一段時間給我一些叮囑，我因此又滿載著她的關懷繼續我的行程。

尾聲

自冷泉港返迴 Rochester 後，終日忙於論文之寫作，當返台之日迫近時刻，雖不免棧戀此處沒有人際網路的生活，但亦多少厭倦於鎮日在 pack 和 unpack 行李之間生活，靈魂似乎無所歸宿。做爲一名駐足三個月的過客，一切似乎如過眼雲煙般的飄渺，時間迫使一切向前移動，仍懷念與研究室的同仁在沙拉吧的午餐以及在咖啡餘香中的長談，我也明白這些臨別前的場景可能將此生不再。

我終於在穿梭過一座座機場後返抵家門，也結束了百日的流浪。

回到台北後，生活終於在一個多星期的恍惚中逐漸恢復了以往的步調，如塵埃落定，今日在 Jamaican Me Crazy 的咖啡香氛中回首此百日遊踪，仍如夢境一場。

賦歸之後

回台後無辜的捲入一場學術爭執，帶給我意外又震撼的衝擊，爲了逃避低潮情緒的侵蝕，隨先生至廈門渡一週末，在先生開會時我獨自前往鼓浪嶼，隨著一名導遊穿梭在蜿蜒崎嶇的百年古鎮，兩旁多是夾雜著洋樓的傳統閩式建築，歲月在此雕鑿出古樸的氣氛，令我訝異的是在如此彈丸之地竟能孕育出深厚的西洋音樂風氣，另外在閱讀島嶼的歷史中得知弘一大師曾於南普陀寺移居到此小島上的日光岩寺修行數載。待導遊離去後，我又獨自在龍頭路販售各式現代傳統玩藝的小店閒逛一會兒，發現文創就是把歷史地理商品化，到了傍晚時分才乘船返回廈門，一趟短暫的鼓浪嶼行讓我被顛覆的心緒暫時沉澱。

回到台北後我逐漸開懷釋然，遠離讓我困頓月餘的無端夢魘，不過我的事仍驚動了我在Yale的指導教授，又欠她一筆無以償還的債。我對研究一向無愧於心，在陷入這段學術紛爭的期間恰好讀了村上春樹的《關於跑步》一書，從其中找到了一些足以安慰自己的文字。

「To understand what's really fair is to take a long-range view of things. Nobody is going to win all the time. On the highway of life you can't always be in the fast lane. Needless to say, someday you are going to lose.」

如今一切已如過眼雲煙一般，只能把疑惑與傷痕沉澱在心中。

2010/07/17

再見托斯卡尼

序曲

我第一次到托斯卡尼開會是在上世紀的最末一年，住在小山城 Barga 頗有文藝復興氣息的度假旅館，還記得那時站在旅館前往山下望去心裡真是悵然若失，灰濛濛的天空下盡是雜亂的山景，真難理解平白都是歐洲的山，為何此地和瑞士奧地利的景觀差個十萬八千里。第二次來到托斯卡尼還是為了開會，相隔近十年，我已把第一次的哀怨拋棄，而且也先上網策劃好了要看的美術館和要參加活動，包括一趟自行車之旅、參觀酒莊甚至上廚藝課，不過最後一項倒是被放了鴿子。後來因遍尋不著當時的旅行筆記，所以只能以記憶和網路資訊重建我的托斯卡尼印象。

托斯卡尼 (Tuscan)

時值 2008 年九月，在出發前我先上網報了一個一日的小旅行，早晨依約與導遊會面，隨著她與兩位美國來的學生以單車代步徜徉在托斯卡尼初秋的山區，只見路旁盡是一望無際葡萄園及橄欖園，偶見結實累累的蘋果，途中參觀Principe Corsini酒莊，義大利的酒莊就如農舍一般，絲毫沒有法國香檳區酒廠的高傲姿態，義大利酒的輕亮明快一如當日燦爛的陽光。剛巧前一日是該區入秋以來第一次的葡萄收成，莊園內相當忙碌，大木桶內堆滿了剛採收下來連枝帶葉的葡萄。這次我也見識到了懸吊在閣樓裡歷經數月風乾皺縮的葡萄，如此醜陋不堪的外貌經釀製後，卻是金黃色的瓊漿Vin Santo。中午在山區內一家極爲親切平易的餐廳內用餐，廚師的熱情又與巴黎的冷酷截然不同，我自此才學會義大利人拿cantucci來浸甜酒Vin Santo。午後我們繼續Tuscany山區的漫／慢遊，周遭景緻雖美但騎乘在高低起伏的丘陵實在辛苦，讓我不禁懷念起巴黎的平原，至少不需我下車陪著bike走。這次的悠遊終於讓我揮別了記憶中沉悶灰暗的義大利印象。

佛羅倫斯 (Firenze)

雖然這裡是文藝復興的朝聖地，可惜我對義大利的宗教文化一無所知，也從未對文藝復興藝術產生任何激情，即使二度來到烏菲茲美術館 (Uffizi Gallery)，也只是爲了向Botticelli、Da Vinci、Titian、Raphael再朝拜一次，反正我一直覺得看完他們的畫就是看完文藝復興的全部了。既然來到 Firenze 便不能免俗跟著人群走進 Santa Maria del Fiore 教堂，以極微的捐獻換了小小的白燭，做了一個無關誰是神祉也沒有目的的祈禱。這次旅程倒是有一個意外，因爲我從未想到來到佛羅倫斯還能誤打誤撞在一個小美術館 Palazzo Strozzi 裡遇到印象派畫展，讓我的靈魂能在中古世紀的沉悶中釋放出來。之後，我又閒逛至附近著名的共和廣場 (Piazza della Repubblica)，在 Café Gilli 吃了簡單的午餐，這座餐廳於十九世紀初即開始營業了，冷藏櫃內盡是巧克力、甜點以及被結晶糖包覆的各式果乾，甜點給我的是視覺而非味覺的饗宴。Firenze 到處都是歷史，不過歷史多了走起路來都覺得沉重。

巴爾加 (Barga)

爲了參加學術會議二度造訪這個位於 Barga 山城的 IL Ciocco，也許是這次我對義大利的印象已有些改觀了，所以覺得眼前的亞平寧 (Appennine) 山仍有其美麗之處，手中的介紹文案說此地爲十九世紀末詩人 Giovanni Pascali 的家鄉，不過我只能承認自己無知，不知詩人爲何方神聖。我近幾年能以比較自在的心情參加會議，不再惶惶於科學的競爭中，這次甚至和幾位新識舊識共七八人循山區小徑一路步行至 Barga 市區，途經零零落落的山區農舍，因午餐的一杯白酒令我些微暈眩，使得這趟路程稍嫌辛苦。Barga 建城至今正好千年，我們造訪一座建於十一世紀的羅馬式 (Romanesque) 教堂，建築的立面平舖了白色大理石，除此而外並無多餘的矯飾，其素樸頗不尋常。一趟自行車之旅及山區健行讓我愛上了義大利中古世紀山城的質樸無華。

盧卡 (Lucca)

第二次造訪這座古城，發現它不可避免的已走進庸俗市儈的命運。既然來了，原想好好看看古蹟逛逛小店，但我的遊興卻被教堂內毫不遮掩的墓室景象一掃而去，我確實被驚嚇到了，我一直無法正視死亡，多年的旅行中我刻意避開大英博物館的埃及文物、義大利的地下墓室、印度尼泊爾的荼毘，不過總有不期而遇的場景令我顫慄，在剩餘的散策時光裡只覺得自己恍惚。本想拜訪普契尼 (Puccini) 的家，卻因那些恍惚且行程短促而作罷，最後僅在 Piazza Anfiteatro 逗留了一下，這是一座自羅馬時期即存在的橢圓形廣場，而今也已被各式小店環繞，不過世界皆然無可抱怨。由於我不愛帶相機只能憑重建這趟旅程。

羅馬 (Rome)

會後準備回台時，卻因一場大雨延宕了我的行程，我錯失了由佛羅倫斯起飛的班機，只好搭乘高速火車 Eurocity 自佛羅倫斯趕往羅馬，幸而必須在羅馬過夜不致再延誤後續的行程。也許是巧合，十年前亦在佛羅倫斯機場發生狀況，不幸將行程拖延一日，抵台當日即遭逢台灣的百年大地震，義大利真不是個好運的象徵。至於羅馬長什麼樣子我至今還不知道，因爲到達時已深夜，只想儘快找家旅館住一晚準備次日一早飛維也納。但我又無巧不巧的遇到一位計程車司機，八分鐘的車程要了我千餘台幣，難怪達文西的蒙娜麗莎要出走。

2010/07/17 初稿 2013 修改

上海・蘇州

上海・藝術

2010年秋天第二次來到上海，不過我這次的行程似乎有些另類，三天內看了三個美術館。

第一天在「上海美術館」正遇上剛開幕的上海雙年展，一進館場就見到一區區充滿聲光的多媒體藝術（multi-media art），我本來對於光怪陸離的當代藝術即缺乏興趣亦缺乏好感，也對所謂的多次元藝術充滿無限的疑惑，既然來了，只好參觀下去。我突然發現此類的作品多少有些侵略性（aggressiveness），因爲媒體是一個「進行」的東西，它不僅控制了觀看者的時間，更以主觀的速度支配觀賞者的意念，甚至期望或強迫觀賞者用視覺、聽覺、甚至觸覺與它接觸，或許美其名叫「互動」吧！有些展品在有意無意中超越了疆界（territory）擴張了自己的權限而不自覺，不少當代的藝術家似乎缺少了充足的人文涵養，讓人無以感動。比較值得的是這幢八十年前的跑馬廳替我印證了二三十年代的上海風華，我似乎見到張愛玲書中的人物正搖擺著旗袍的尾翼婀娜地踏步在花崗大理石階上，我懷疑這幢老宅可真的願意接納這些詭異的另類的藝術嗎？

第二天去了「多倫現代美術館」，這是一個小型的當代美術館，正好展出阿拉伯現代藝術作品，或許這些回教國家的藝術家才要開始他們對世界的探索，所以他們的創作型式較爲溫和，展品不多，我還滿欣賞畫家 Kondakj 的系列抽象畫。結束了這個短程的流覽便去了魯迅紀念館一趟，因爲對魯迅的認識僅止於《狂人日記》，所以沒有留下特別的印象。我也在多倫美術館及紹興路附近看了一些藝廊，也許看得浮淺，總覺得所見多半是取寵之作而已。

反倒是在最後的一天去了「上海博物館」後，我才終於感到不虛此行。我花了一上午細細品味我最鍾愛的宋元明清瓷器，中國瓷器又型有色，且看盤上的葵、瓶上的菊、罐上的蓮無一不顯出型制之美，釉色從天藍、月白、黃地、松綠、青花到珊瑚、胭脂、豇豆各式紅色，美得令我目不轉睛，心想難怪蘇東坡把赭色茶湯斟入剔花的白色瓷碗中能寫出「定州花磁琢紅玉」[1]。當我拿著筆記本仔細記下讓我感動的每一樣藝術品時，引來一批前來參加博物館學年會的記者對我採訪，他們大概少見有如此認真看展的人吧！接著又看了些書畫，一幅宋朝無落款的秋山蕭寺圖橫卷，含蓄雅緻並用透視手法將遠近山水鋪陳得宜，值得看。

上海・灘

上海灘的百年風情在千萬本書中都被描述過，實在不需我用拙劣的詞彙再添一筆，只是數度在夜裡行過黃浦江邊的高架路，我實在掩不住對它的讚嘆，那些原本已可媲美巴黎及佛羅倫斯的雕花石牆立柱（我當然知道那是 fake）在景觀夜燈的裝點下更顯其雍容華美瑰麗迷人之處，和平飯店的綠色琉璃尖頂、廣播大樓的花崗石磚、滙豐銀行的馬賽克壁畫都讓人忘卻今夕何夕，只可惜江邊五彩的觀光隧道和雜沓的人群（我後來也成了其中一員）無端的驚擾了沉睡百年的上海夢。

上海・時尚

朋友領我穿越了半島酒店的廊廳，來到外灘的一處酒吧，在迷炫的舞池燈光下，我只能坐在角落的吧台如觀戲一般的看著時尚男女的狂野與妖嬈，耳朵早已無法分辨任何的音符與節奏，不過朋友的盛情和他們的荔枝馬丁尼實在讓我難以忘懷。上海的時尚也可以從美術館看出端倪，當代的藝術展覽會場穿梭著不少衣著光鮮的俊男少女，想必是來「學習」更尖端的時尚吧！另外三步五步一家的法式烘焙店又告訴我們另一種時尚的「殖民」。

蘇州・科學

我來到蘇州獨墅湖畔的飯店參加一個學術會議，早晨在四周散步，想像著也許就在十餘年前，一個穿著藍布衫的老農蓄著銀花短髭在缺了門牙的嘴裡叼著一支手捲煙，坐在這個蘇州鄉間的湖邊望著鴨子在水中嬉游，他怎麼也想不到千禧年過後的十年，湖邊豎起了一座五星級飯店，諾貝爾獎得主在此來來去去。幾近夜半時分，飯店仍光明如晝，會議室裡的銀幕上還放著一些數據圖片及DNA序列，滿屋子的人仍然炯炯有神的聽著，蘇州和紐約的科學距離也因此被拉近了許多。

最後匆忙的去了留園和蘇州博物館一趟，六百年前稱寒碧庄的留園已歷經朝代更迭，我無論如何也看不出「竹色清寒、波光澄碧」的雅緻，況且現今遊人紛至擾其寧靜，看看即可。而貝聿銘的蘇州博物館與我的期待亦是差之千里，著實枉費了他的盛名，另外它的館藏展示和staff的人文素質也待改善，現在亦是看看即可。

2010/11/10　2014修改

---

1. 出自蘇東坡《詠定瓷》，有人認為紅玉指茶湯色，但也有人認為是紅釉彩，吾非專家亦無暇考究，但認為前者之可能性較大。

六月京都

六月的京都無春天繽紛的櫻花，無秋天燎原的紅葉，但單看東福寺的萬頃綠波，就覺得京都真是無時不美，無處不美。自京都回來後終日忙於工作，一時無暇也不知如何將心中的美轉化成比較細膩的文字，僅能以隨筆爲數日間匆匆走訪的京都禪寺留下一點紀錄。

這次前往京都是爲參加學術會議，在一京都大學教授的推薦下我與同事在月輪山麓租了一間日式民宿。千年前平安時代的才女清少納言在其主人定子皇后離世後，便在月輪山下獨自隱居終了歲月，她在附近東山的泉湧寺留了一句和歌「泉啼融夜色」，不過能在此隱世獨享夜裡的泉音亦無不好。我們的住處離泉涌寺不遠，這是一座真言宗禪寺，因附近有皇陵所以亦爲皇族的家廟，次日清晨我獨自步行至寺院，途中不時有慢跑、散步、遛狗的居民經過，大家互相寒暄氣氛溫馨，沿途會經過幾間規模較小的禪院，最後可達綠樹參天的主塔頭今熊野觀音寺，寺前有碑刻著「現世安穩、後生善所」，讓我想到胡蘭成與張愛玲婚約書上的句子，但僅前四字相同，或許胡不想理會蒼生，可惜他也沒有給張愛玲靜好的歲月。走過綠蔭下艷紅的鳥居橋，在此放下人世俗念進入神域，最後到達觀音堂。發現堂內竟供奉楊貴妃，後來才知日人咸信楊貴妃並沒有真的死去而是到了日本九州。清晨寺內四下幽靜，僅一兩位香客來參拜，並點上一小柱白燭再輕聲離去。

在開會前僅有兩天空閒，所以決定第一天先瀏覽洛東，第二天再走訪洛北。因同行者有人未來過京都，所以我們不能免俗的先前往清水寺，清水寺遊客雜沓讓我對它有些成見，但不能否認它有壯闊的清水舞台和涓涓流瀉的音羽瀑布，而且它那一千兩百年的歲數無論如何也值得遊人來參拜一趟。遊罷清水再往北去銀閣寺，相較於金閣以及諸多神社，銀閣沉穩樸素的多，有種孤寂的美。金銀二閣相比，金閣是把自身的光芒散發出去，而銀閣還需自「向月台」引借月光，似乎有一放一收的對立。

因嚮往甚久，這次特別去了一趟哲學之道附近的白沙村莊，不知是否因身著牛仔褲及手抱筆記本的關係，售票員堅持賣我學生票，令我沾沾自喜了片刻。白沙村莊是日本著名畫家橋本關雪的昔日住所，他受中國文化影響甚深，所以院內有小橋流水亭台，亦有許多他所鍾愛的地藏燈籠，院中有「懶雲洞」一座，不知橋本平日是否能化作一片懶雲在其林園中尋求一方悠閒自在。橋本的畫風傳統有濃重的中國風格，不過我實在對他的畫提不起一點興趣。看了二十餘分鐘後我發現「存古樓」畫廊內唯我一人。第一天行程的最後一站是屬臨濟宗的南禪寺，南禪寺的木造三門大器大度，參道兩側綠樹成拱，讓人在夏日午後頗有沁涼的感覺，其紅磚砌成的水路閣亦給了夏季一點不一樣的顏色。

第二天先到金閣寺，幸而金閣的金尚稱內斂，倒影於湖水中再減去了幾分俗麗，相較於金閣的舍利殿，其旁草廬「夕佳亭」的沉潛顯得更美了。接下來我們前往我一直想重訪的大德寺，我極愛此寺院，可惜造訪之時已晚，僅能在龍源院的「一枝坦」枯山水庭園前稍坐片刻，據說五百年前東溪禪師在此瞭悟了釋尊拈花微笑的典故，今日我面對著由白色砂石舖陳出的大海，不知是否亦能將自己化度到蓬萊仙境？我倒認為與其將一枝坦的奇石佈局定義為大千極樂世界，不如隨人想像，各自尋求心靈的沉澱。

最後一日我們臨時起意走訪東福寺，自住處步行去，途中先經過一些小院落，到達東福寺後發現一切景物都足以讓我稟氣凝神，從臥雲橋向遠處的通天橋及其下方的洗玉澗望去，溪谷間起伏的丘壑盡是被濃綠的楓葉包覆，據載此處的楓是源自中國的緋紅色三葉通天楓，想來該於秋日再行造訪此地做一趟紅葉狩。由於我們來的早，正好聽見開山堂內僧人的梵唱，並在其枯山水庭園中稍坐片刻。初見此以沙石橫豎排列構成的棋盤格式枯山水，只覺熟悉，後來查了資料才知道這是重森三玲將江戶時代流行的市松格紋圖樣引入枯山水中，在此寺的方丈庭園中有一座以綠青苔與灰石面組合的棋盤式地景，應有生/滅和動/靜更高層次的禪意吧！只可惜未能親身欣賞到。

離開主寺後沿途仍有一些大門半掩的小禪院，我見「雪舟寺」名字極美，便停下片刻，見質樸的門上掛著一塊木牌，上書內有重森三玲修復的枯山水庭園，可見在京都的小巷小弄中都藏有大師之作。我們亦慕名走訪了三十三間堂，其正式名稱爲蓮華王院，據聞這是日本最長的木造建築，內藏千尊觀音和近三十尊菩薩雕像，不過對我來說太沉重了。

離開京都前的最後一件事便是「散策」於錦市場，市場內羅列整齊的京野菜、京漬及和果子有形有色有味，讓我不想去機場了。

京都美，什麼都美，只是沒想到夏天的綠也可以用如此 **overwhelming** 的姿態表現，不讓春天的櫻花和秋天的楓葉獨寵尊榮。京都的美也在四季山川建築的名字上表現，農曆六月稱水無月，清水寺的瀑布叫音羽，東福寺的橋名爲偃月，龍源院的井叫担雪，寺院如悲田院、退耕庵、雪舟寺，寺名美的讓人想在裡面修行。有實體的美也有抽象的美，金閣的美，不就讓三島由紀夫書中的小禪僧嫉妒的毀了它。京都的水也爲它的美加了分，鴨川走進京都人的生活，營造京都的生活美學，桂川讓人放水燈，將人世的牽掛可以傳達給冥界，金閣寺有鏡湖池以照映出金閣的實與虛，龍安寺有鏡容池讓池岸的櫻花能欣賞自己美麗的容妝，而最親近每一個遊客的便是寺院前的手水舍，一瓢水讓人洗去俗世煩惱。雖已二訪京都仍無緣親臨室町初期禪僧夢窗疏石設計的西方寺及天龍寺，極爲遺憾，不過也給了我下次再訪京都的理由。

後記：

這一段後記無關於我的京都之旅，只是一個衍生的囈語。我對於 Louis Vuitton 能把重森三玲的簡約禪意造景化作百年不敗的 Damier 圖騰雖不解但還是佩服。不過關於 LV 到了二十一世紀還能再把草間彌生、村上龍貼在包包上，讓方塊變圓圈、黑白變彩色只能表示驚訝！LV 真是徹底顛覆了法國人的美學修養（不過也擁抱了日人的荷包）。

在校稿之際去了一趟杭州才知蘇堤上也有夕佳亭，錢塘江畔亦有月輪山，美名不讓京都專屬。

2011/06/30 初稿　2014 後記

一個荒原中的旅行

三月，我在這個冬未盡春未來的時刻來到新墨西哥州，離開了 Albuquerque 機場前往聖塔菲 (Santa Fe) 一路上盡是泥黃色的荒原或是赭紅色的岩層沙丘，來這裡是爲了開會，也是爲了追尋 Georgia O'Keeffe 的腳步，想看看這沙漠究竟潛藏著什麼動人的魅力讓她遠離史蒂格利茲 (Alfred Stieglitz) 和紐約，將自己拋置在這南方蒼涼的荒漠中，把大地的棕黃與赭紅和天空的靛藍塗抹在畫布上，是沙漠中蜿蜒的河流還是白色的牛骨給了她永恆的生命暗示？我利用一個沒有開會的下午去了她的美術館，不過有些失望，想來能代表她的精典作品早已被收藏一空，這裡無力展現她的精髓。

「我一心嚮往無人之境」[1]

開完會後租了車本想到 Abiquiu 和幽靈牧場 (Ghost Ranch) 去更接進她呼吸過的空氣，只是我一路迷失所以就放棄了這項 adventure（冒險），畢竟沒有

GPS的原始生活還是滿 risky（冒險）的。從聖塔菲往北盡是點綴著零星乾枯草叢或是山艾樹的平坦荒土，它告訴我這裡臨近 Arizona 的沙漠，這裡雖然沒有壯麗的大峽谷（Grand Canyon），但是舉目可見崁著層層岩片的紅色 mesa，有一次車子轉了一個大彎忽見遠方竟是一片平如直線的 plateau，讓我想到在聖塔菲峽谷路（Canyon Road）的一家畫廊裡看到當代抽象畫家 Rebecca Crowell 的油畫，想來這裡的畫家心中只有筆直的水平線。有時遠處也可見到山頭白雪連綿的壯闊高山，這種地景想必是從北方的科羅拉多延續下來的，由 Espanol 再往北是所謂的68號高路（High Road），途中地形多變，路的兩側已不再是荒漠而是如科羅拉多、尼泊爾甚至台灣中部所見的重山峻嶺。其實最好的景觀是在回程，因爲這樣才可看見蜿蜒在山間的 Rio Grande 河，特別是它在天光照映下舞動粼粼波光的樣子。

「荒涼到了美麗的程度，還能算是荒涼嗎？」[2]

雖然沒有繼續追踪 O'Keeffe，但因爲在陶斯（Taos）的第二天收到一封被退稿的通知，心情如掉落峽谷之中，我就臨時動念去找 D. H. Lawrence 在陶斯北方的牧場和他最後靈魂飄散之處，雖然我對他的作品所知無多，但仍想看看這個在二十世紀英國文學史中佔有相當地位的作家爲何會選擇來到美國西南的荒漠駐足，不過在公路上開了近一小時，幾乎前不見古人後不見來者，加上路標又少，那種荒涼讓我沒有信心。縱使如此，當我獨自開在這荒原中時，還是意外體味到一種孤獨的樂趣，當車子爬升至高地時，兩邊平坦的地勢讓眼前忽見一條水平稜線，我似乎變成一隻欲乘風翱翔的鳥，只可惜當下的心境無法讓我有睥睨天下之姿。後來雖然找到了一塊標示 San Cristobal 的路邊小牌，可是在這樣一個無人之境，我終就還是放棄了探索勞倫斯的念頭，當然也就無法學著 O'Keeffe 坐在勞倫斯家的黃松樹下仰望星空。離此不遠的 Arroyo Hondo 尚有幾處農場聚集，在 Harwood 美術館裡有兩幅 Martin Henning 的鎮館之寶，其中之一便是《Winter Funeral in Hondo》，那種雪地裡無比巨大的荒涼與蕭索的確壓的人喘不過氣來。

南方降雪[3]

我有幸也不幸遇到了一場大雪，最後一日清晨在陶斯的旅館裡醒來只見窗外一片銀白，足足十餘公分厚的雪覆在大地上，對於在北方待過三年的我而言雪並不稀奇，但這次我必須要把我租來的道奇從雪堆裡挖出來才能上路，雪的浪漫早已蕩然無存。後來終於開了車離開雪域，一路往南直赴機場，但在荒原中旅行了三天的我根本不知道老美竟然還在這大雪紛飛的一天開始他們的「夏季日光節約時間」，待我到 Albuquerque 機場，因誤解了時間只能眼看著飛機起飛，爲了追趕在洛杉磯起飛的長榮，我立刻刷卡買了一張票展開了另一段幾乎耗盡我全身精力的旅程。身心俱疲的我返回家中後足足花了好幾天的功夫才恢復。

聖塔菲的蘇荷

在不長不短的十天內看了六家美術館博物館，本來也無所期望不過到最後甚至是失望，沒想到聖塔菲的 Canyon Road 卻意外燃起我的熱情，這條盡是泥磚屋（Adobe）的小路上開滿了畫廊，或許此地多是些藝術商品而非藝術品，但我相信 New Mexico 的地理人文環境足以滋養學院及普羅藝術的成長和大眾的品味，雖然我不知道一個真正的藝術家如何看待此處，因為他們似乎總是鄙事一切的，但我在此地流覽時確是和好幾位畫廊經理相談甚歡，有人因為注意到我秉氣凝神的在看畫所以和我攀談起來，他們教我如何欣賞複合媒材中軟蠟或壓克力在特定光源下營造的效果與氣氛，不同種類的顏料又如何配合不同的畫布和板材，創作者又如何處理一塊畫面讓兩種材質的顏料交融，這種感覺比走在紐約的 SOHO 或 Chelsea 好多了，在紐約的畫廊裡進出如不被當成流浪漢已屬大幸，很少有經理人把我們這些沒有時尚裝扮的背包客當一回事，紐約畢竟少了新墨西哥的太陽，讓人略有寒意。

New Mexico 的藝術靈感應來自於自然，當我開在 68 號公路上時，我特別注意到即便是樹葉落盡的枯枝仍用不同的顏色裝點著它的樹冠，除此之外，我亦感受到大地本身豐盛的色彩和地貌再配合上光影帶來的奇麗變化，也難怪這種美麗的荒涼寵壞了藝術家們的眼睛，讓他們來到 New Mexico，他們便可輕易的在畫布上找到與自然的對話方式，這裡似乎處處是藝術。

New Mexico 藉由 O'Keeffe 給了我一種莫名的召喚力量，啓動了我內心潛藏的能量，讓我在沙漠群山中去尋找失落的靈魂，探索一個沉睡的自己，我在新墨西哥的州立美術館內看到一個來此地駐營的畫家寫著「他在此找到了永恆和變化間的張力所創造出的藝術衝擊 (artistic impulse in the tension between persistence and change) 以及找到生命與藝術的真實對話 (vital dialogue between life and art)」，我相信如此。

2012/03/24

---

1. 語出自《O'Keeffe: The Life of an American Legend》(Jeffrey Hogrefe 著)。
2. 南方降雪題目借用蔡珠兒的書名《南方絳雪》。

梧桐與桂花

不知道是不是梧桐的魅力，讓我如此迷戀巴黎和上海，十月初來到上海走過歷史風華猶存的武康路天平路，路上梧桐葉尚未完全變色僅隨著秋風在樹梢微微翻飛，但也有些許早凋的黃葉偶然飄落，在那裡沿路走過有些氣魄又有些滄桑的百年建築，似乎還能看見一些民初富商軍閥甚至文人行過的氛圍，另外還有些半新半舊的洋房，多是配了落了漆的大門和一隻腐銹的門閂，還有幾家老式小店及雜貨舖開著，門前啣著煙的老人在樹下悠閒的下棋，不知道當他們抬頭仰望著遠處一幢幢聳起的辦公大樓，或看到夜間繽紛炫彩的燈光所勾勒出的天際線時到底有何感想。事實上多數的舊屋已改裝成時尚服飾或文青小店，粉彩的藍窗裡賣的是居家小品，個性冷酷的金屬門推開後是新銳設計師的服飾，新舊拼接的風景／風情處處可見，反正「混搭」也是一種時尚。

如今文創是顯學，在莫干山和田子坊裡俯拾便是「文創」，雖說層次和訴求不同，但很明顯的都浸染著商業的氣息。莫干山的確聚集了一些前衛藝術家，不過除了現代水墨畫家韓冬的「唯心唯識」展能稍稍觸動我之外，讓我一見傾心的作品實在無多，至於去田子坊就純粹是擠在人群中看熱鬧了。因爲和女兒相聚，所以我們不能免俗的到了新天地感受一下上海時尚的前線，附近石庫門改建的咖啡廳酒吧餐廳應該就是二十一世紀的十里洋場了，兩天的時間終究太短，來去匆匆未能捕捉張愛玲繁華又悵惘的上海，也沒有遇到梧桐細雨的冷落清秋時刻，只能與上海相約下次再訪，畢竟意猶未盡。

第二次來到蘇州開會，又恰逢一個桂花盛開的季節，蘇州的桂花是毫不涵蓄的，金燦的花叢鑲在綠葉中，香氣馥郁，不知李清照「暗淡輕黃、情疏跡遠只留香」的桂花如今爲何如此狂放？會議是在獨墅湖畔舉行，這裡倒沒植桂花，反而是一排排的修竹妝點出建築的日式氛圍，每日清晨我獨自前往飯店的泳池游泳，被竹葉篩過的晨曦透過玻璃窗映照在池裡，偌大的水池，偌大的落地窗，只有我一人真是奢華。

也許是爲了避開長假中無所不在的觀光人潮，這次我們沒有被安排參觀蘇州的古典林園，而是去了較冷清的盤門，這裡是二千五百年前春秋時代吳王闔閭所建的護城門及水渠，但在兩重城牆中卻暗藏了一道誘敵的機關，可以想見在此城甕中有不少枉死的冤魂，我替他們感到無助又自覺有些悲涼。比這更早五百之前，愛琴海邊的特洛伊城也曾因戰爭而被誘計毀城，雖然留下了希臘詩人荷馬的巨著和如今令人憑弔的廢墟，但也是一場生靈塗炭的悲劇。也許有人會稱讚許伍子胥和 Odyssey 的誘敵和殲敵計倆，但戰爭盲目和殘酷的本質是不能被掩蓋的，幸而千年後兩城還分別有郁郁芬芳的桂花和綠意濃濃的橄欖樹相伴，歷史就歸歷史吧！晚宴上的桂花蒸江米藕還是比較實際的。

2012/10/19

機場烏龍事件簿

我在整理電腦裡零零碎碎的英文旅行筆記時，不禁回憶起自己在超過七八十次的國外旅行中所發生的一堆轉機烏龍事件，所以爲此一文，我甚至想以後編輯一本機場教戰手則供人參考。

我有九成以上的旅行是去國外開會，而且多半是單槍匹馬，開會的地點遍布歐美，偶有中國、日本、東南亞或印度，轉兩三趟飛機是常有的事。有幾年我的體重和坐輪椅的前總統夫人差不多，所以一飛抵機場能立即扛著行李找到下一個登機門或轉乘火車巴士地鐵到開會地，不只是考驗我的智慧也是挑戰我的體力，多年下來雖是身經百戰經驗豐富，但遇到天候不佳、人爲烏龍事件甚至恐怖攻擊事件時，我的對策仍會失靈，有時甚至無助的想席地大哭一分鐘再起來奮戰。

晴時多雲偶陣雨

我最痛恨初夏去美國中部開會，因爲十有八九會聽到廣播宣布小型飛機因雷雨停飛，多次的經驗告訴我枯等在機場絕對是痛苦的，不過改搭巴士也是痛苦的，因爲在美國任何兩城之間都可以坐上三四個小時的巴士，如果這種事發生在回程，我還得一路擔心能否趕上半夜在美西起飛回台的班機，爲此我不知有多少次曾拉著行李在這些大型機場內的 terminal 間飛奔，想來都辛酸。

這種事當然也會發生在歐洲，在上世紀最後一年的九月，我在義大利佛羅倫斯開完會後要回台，卻在萬里無雲的晴空下被告知從維也納飛來的班機因「天候不佳」將遲到，經過漫長焦躁地等待後，航空公司安排旅客經由波隆納（Bologna）轉往維也納，不過我理所當然的錯失了飛回台灣的長榮，絕望中只好臨時辦理入境，在機場附近的旅館內待了一個近乎無眠的夜晚，在那種時間和空間都錯置的旅途中，孤獨的等待絕對是一種身心的折磨。終於捱到天明後，我趕忙搭機到荷蘭首都 Amsterdam 準備追逐下一班回台灣的長榮，但在辦理轉機的過程中有一些誤會，所以我必須立即購買一張接近六位數字的單程票才能登機，雖然這筆票款在我回台後一個月歸還給我，不過一口氣刷掉一大筆錢也足以讓我回程的情緒大受影響。而更不幸的是就在我落地後數小時，當極度疲乏的身體仍癱軟無力，惶惶不安的靈魂亦尚未安頓下來之時，921 地震把我從朦朦的睡夢中憾醒，讓我這場旅程的災難又延續了數日才得以落幕。

我想我和義大利是有前世仇恨的，我第二次從義大利要回台那天遇到山區大雨，巴士無法順利下山，我一路焦急不安，頻問司機何時能到，不過那位義大利佬似乎覺得沒什麼事大不了的，況且下山的路塞滿了車，他也莫可奈何，待我抵達佛羅倫斯機場時飛機已起飛了，我跟這座機場真沒緣，上次晴空萬里飛機不飛，這次滂沱大雨飛機倒很準時起飛了—只是沒把我載走。無奈中我只好轉搭高速火車 Eurocity 到羅馬，臨時找了家旅館待到天明再飛往維也納，當我終於坐上長榮回台的飛機後已欲哭無淚了。

駭客入侵

若要拿我所遇到的事件和 911 相比當然是不足以掛齒，但我還是遇到了百年難得一見的恐怖攻擊／威脅事件。2006 年夏天我在倫敦開完會，要先飛越大西洋到紐約再搭機橫跨美國大陸及太平洋回台（這真是天才的行程安排），就在我準備起程前，倫敦希斯洛機場突然被告知有人放置炸彈，因此通關安檢變得龜速，想當然的延誤了所有的班機。倫敦發生這種事美國當然緊張，當我飛抵紐約後，見到亦是如臨大敵的機場，磨人的檢查程序令身心俱疲的我快要崩潰，飛台的班機雖延遲三個多小時，但幸而那次坐的是商務艙，至少在等待時還可在 lounge 內看書上網稍作休息，在十八個小時後終於回到台北。不過當我興沖沖的以為可以拎著行李回家時，卻被地勤告知紐約機場內有九千多個行李箱因安檢作業緩慢無法順利配送，其中一個是我的！

在數日後我終於見到我的皮箱，但卻未如數見到我的行李，因爲機場被駭，我也被駭了。

你那邊幾點

去年三月的某一天我在新墨西哥州北部獨自旅行，就在要回台的前一天不幸遇到大雪，早晨在旅館起床後費了我九牛二虎之力才把租來的車從雪堆中挖出，雖然已累得像狗一樣了還是得趕快開車奔赴 Santa Fe 機場，準備搭晚上飛往洛杉磯的班機，再坐長榮航空回台。開車的途中雖曾迷途過但還是很欣慰自己能在「起飛前兩小時」趕到，心想這不過是個小機場不用七早八早去 check in，所以就好整以暇的在機場內閒逛，我還記得我曾看了牆上的鐘一眼，咦！竟然比我的錶快一小時，心想「天啊！這種小機場連鐘都不準！」。等我真的晃到 check in 櫃台時，地勤告訴我妳來晚了，機門已關上了，我才瞭解到那天是日光節約時間的首日，一切都遲了。不過我決定無論如何也要趕到洛杉磯，我立刻花了萬元再買一張機票去搭最後一班飛機，抵達後又使盡吃奶的力氣拖著行李飛奔過整個洛杉磯機場，皇天不負苦心人就在長榮櫃檯關閉前十分鐘完成使命，然後用剩下的最後一口氣爬進機艙。我學會了以後記得要問「What time is it there？」（取自蔡明亮執導的電影名）。

機場的香檳派對

關於最後一件要提的烏龍事件，我雖然得負百分之九十九的責任，但仍要把百分之一的錯推給和我一同參加會議的一位台大教授，他是我的好友，也是爲此書作序的人。有一年我在柏林開會，會後要搭機去 Amsterdam 再轉往巴黎停留一週。我旅行中極少購買會給自己平添麻煩的東西，偏偏在會結束前，我這位好友透露說市區內有一家葡萄酒專賣店值得去看看，我去了但僅買了一瓶香檳，因爲實在不可能帶著瓶瓶罐罐旅行太久。不過酒還沒喝我就昏了，完全忘了不能攜帶液體登機一事，到了海關面前想起來自己所犯的愚蠢錯誤但爲時已晚，可是這是香檳耶！Sir！那我把它喝下去可以吧！於是我帶著一肚子香檳氣泡和沉重的眼皮飛到了 Amerstam。至於我如何走下飛機，如何拿到行李，又如何在 Amsterdam 機場內睡了個把個鐘頭已完全不復記憶。記得下次帶幾個紙杯至少還可以把香檳分給海關及其他旅客，讓大家共享一個香檳派對。

2013.05.24

夢裡不見長安

2013年的初夏我去了一趟北京一趟西安，這兩個城市應該是中國歷史上最重要的兩個古都。北京當然有千萬個要看的理由，它是秦朝的薊城，漢朝的廣陽國，隋唐的幽州，九百年前金朝海陵王在附近建都，元世祖雖棄金朝的舊城，但在它的東北角另闢新城，六百年前明朝的永樂終於浩浩蕩蕩開啓了紫禁城輝煌顯赫但也幾經滄桑的歷史。

我第一次造訪北京是二十多年前，那時看的真的是千年古都，故宮、長城、十三陵、頤和園，甚至遠征到了承德的避暑山莊。但我只覺得故宮九千九百九十九間房都籠罩在飄散了千年的塵埃中，不僅魅影幢幢而且四處都滲出一股潮霉陳腐的氣味，青花瓷瓶在苟延殘喘，琺瑯彩釉光澤不再。數年後再去北京參加會議就無心閒逛了，只覺得處處都在拆在蓋，新塵舊土雜燴一氣。但如今好像坐了時光機器般的往前衝了好幾個光年，我們看的是湛藍氣泡包覆的水立方，吃的是三里屯的時尚料理，逛的是798前衛藝廊，北京似乎不是北京了。

雖然二十年後再臨雍和宮，不過我沒有去拜謁琉璃瓦宮殿裡的諸佛與觀音，而是和女兒去了它旁邊的京兆尹，我們坐在面對中院的內廳，素白的桌巾、素白的蝴蝶蘭以及素白的磁盤，一方碗豆黃一只云豆卷恬靜的落在盤中央。陽光斜入院內，在新芽甫出的樹下另有兩對母女和我們一起分享靜謐的午茶時光，此種光景恐怕連慈禧也要羨煞。

北京之行後不久我就到西安參加一個會議，西安是古時的長安。長安對我來說的確太遙遠了，因爲我不是司馬光所以夢裡從未見到長安。西安曾經歷了十三朝，我不識歷史，不知如何想像盛唐的燦爛景象，不過能和李白站在同一塊土地上，夜裡抬頭看見他的瑤台鏡也就滿足了。由於餘暇無多，所以先匆匆去了碑林，見了歐陽詢的皇甫誕碑和柳公權的玄秘塔，回想到小時練字時，反覆不知寫了幾回，今日終於見到他們的碑刻。同樣在碑林裡見到一尊尊北周佛像石雕陳列在現代化的博物館內，既莊嚴又寧靜，菩薩低眉更是平和自在，我雖不信佛，但見佛也心喜。

後來又去見了浩浩蕩蕩披青戴甲的秦俑，他們原該伴著秦始皇沉睡在石榴樹下，沒想到千年後重見天日，今日他們站在黃土坑道上列陣以待，不過見到的不再是戰場上的旌旗，而是導遊手上引導著千萬遊客的各色小旗，時代變了啊！是啊！絲路的起點不再是黃土飛沙，而是兩側聳立著高樓華宅的八線大道，城內鐘樓旁盡是熙來攘往的人群和新興的高樓，大型吊車推土機忙著趕去工地堆砌另一座豪宅寶塔，誰知道下回哪位長安城的公主又會被開挖捷運的怪手驚動，公主啊！你若真醒來就莫再喝西鳳酒了，我請妳喝一杯 Starbucks 咖啡吧！

後記

將這篇旅遊短文寫完月餘後，上官婉兒的墓就被挖出土了，看到上官在幼年時即飽讀詩書並擅長吟詩為文，十四歲即能擔任武則天的秘書，我便感歎我的不才，不過她如果生在今日也可能只能跳級進個資優班吧！

2013.08.01 完稿　2013.08.15 後記

卷六　有畫要說

看畫時有時看到了畫的生命。

縱橫美國觀畫小記

前言：

此文主要紀錄了 2009 和 2010 兩年夏天在美利堅的美術館之旅

西雅圖

2010 年初夏到西雅圖開會，我提早兩日抵達先去參加了一個當地的酒莊之旅，然後又抽空到西雅圖的美術館（Seattle Art Museum）看一下，這裡除了極少數 Jackson Pollock 和 Willem de Kooning 的抽象作品外，幾乎「什麼都沒有」，而且這個「什麼都沒有」還有「畫」爲証，該幅畫只有純白的畫布以及用筆畫出的黑邊框，畫作的解釋是「Painting with no hierarchy, no ambiguity, no space and no illusion」，我在筆記裡寫著「and no anything」，心想如果 Piet Mondrian 看了不知是否會感慨有人比他還「極簡」，而且簡化到無可再簡。這裡倒是收藏了一些澳洲藝術家的作品，我喜歡一幅呈現水中倒影的畫，畫家用漣漪（ripples）來証明畫的是水面，而水裡則無任何的形體，一切都是虛幻的，水中的任何影象都是藉由水面反映其存在 (being)，但是這些有形物的「形」也被 ripples 改變了，而 ripples 又因風因雨而變，所以你能說水中的雲還是雲嗎？我另外在會議中順便看了華盛頓大學裡的 Henry Art Gallery，這個美術館似乎就是要証明「美國當代無藝術」。試想在你看到一幀巨幅攝影作品上的主角是一團蜷在一起的蚯蚓時，你還敢再吃 spaghetti 嗎？

加州

多年前我曾處於一陣長期的低潮，抑鬱滿懷，因爲去舊金山參加會議的關係，趁開會前一天我先去 Legion of Honor 美術館走走，猶記那天一入館乍見羅丹 (Auguste Rodin) 的地獄門，竟不自主的流下淚來，然後又見到 Camille Claudel 的雕塑作品，似乎特別能理解她的敏感和癡迷 (sensation and obsession)。不久前到了一趟洛杉磯的蓋蒂中心 (Getty Center)，我對於在（以往所認爲的）美西文化沙漠中還能有如此的美術館和收藏極爲驚訝，真心佩服 Getty 的捐贈者。

麥迪遜

我在 2009 年的生日當天飛到威斯康辛麥迪遜 (Madison) 開會，飛抵的第二天來到這個小城的美術館，本來是沒什麼期望的，不過倒驚見一幅 Corot 的畫

《Orphens Greeting: the Dawn or Hyme to the Sun》(1865)，此畫展現他典型的森林輪廓、灰與淡藍的背景色調（background tones）以及一貫的寧靜氛圍。另有二十世紀初日本版畫家川瀨巴水（Kawase Hasui）的特展，畫中的夜景雪景透露出日本特有的極簡、禪意與靜謐，他細緻的色彩與層次改變了我對日本版畫的舊有印象。綜觀全館，無名畫作何其多，如同於在科學的汪洋中，真正被世人認同留名甚至對人類知識有貢獻的研究／著作又有幾許。

紐約

我對紐約的鍾愛一部份是來自美術館，到過的次數太多，因此就用幾筆記下最近幾年的 visit 和往昔的記憶。

2009 年夏天的某個清早，我從 Newark 機場附近的旅館輾轉數趟車來到大都會美術館，但因我攜帶大件行李而被拒於門外，只好在雨中拉著行李箱（真慘！）步行至古根漢美術館（Guggenheim Museum）寄存它，經過這一番的折騰，我僅欣賞到二十餘幅印象及後印象派的畫作。我本是爲了想再看一次 Manet 的《Woman with a parrot》去大都會，但竟意外於古根漢見到 Renoir 之同名作品，不過他畫中的黑衣女子少了點 Manet 畫裡 Victorine Meurent 那樣坦率自信的眼神，Victorine 確實有她獨特而神秘的魅力，不過巧合的是此畫作旁即爲 Manet 的作品《Before the mirror》，既然你們覺得我正眼看你太挑釁，那我就以「背」示你吧！展覽中一幅 Gauguin 的《In the vanilla grove: man and horse》亦與 van Gogh 的《Mountains at Saint Remy》並列，恰巧與我隨行閱讀的《Van Gogh and Gauguin: The studio of the south》(Debora Silverman 著）譯本相應。在爲數不多的畫裡，我滿喜愛 Seurat 的一幅小畫《Peasant woman seated in the grass》，畫中一位身著灰藍色素衣的農家女子靜坐於黃綠背景的草地，讓我可直覺到她沉靜的思緒 (the tranquility of her mind) 以及安靜的力量。

我在一個月後又來到紐約，雖然仍遇上陰雨綿綿的天氣，不過這次就沒錯過大都會了，未料一進去竟花了半天時間才大致看完印象派及二十世紀之現代畫作，真遺憾時間如此匆匆。

我每次經過希臘羅馬展區，很少真正停留下來仔細欣賞，但多少仍被古希臘的器物以及羅馬人再造的希臘頭像所吸引，難以理解二千五百年前的人是如何創造出這些近乎完美的藝術作品。

自從在倫敦 Tate 美術館對英國浪漫派畫家 William Turner 多了些認識後，這次又見到他畫中炫白撼動的海上景緻以及那個時代並不多見的現代感。

大都會（非常奢侈的）擁有整間 Camille Corot 的畫，在重新一次流覽 Corot 後，我修正了以往對他畫作的印象，或許 Corot 一面用細毛般的筆觸及清淡的色彩表達他心中的風景，但另一方面亦用簡單的構形與筆調表達他眼中的風景，無論怎麼看 Corot 的畫，永遠就像是南朝文學家吳均寫的富陽山水「風煙俱淨，天山共色」。

進入法國 Barbizon 畫派的展區，發現 Breton、Millet 和 Daumier 都同在畫中以黑色線條 outline 他們的主題，在繪畫領域中常能見到畫家之間相互摩仿題材與技法（所有學門領域皆然），顯然時代的潮流還是左右著藝術的創作。

每次到大都會便是爲了想再看 Edouard Manet 的畫，馬內在《Woman with a parrot》中用非常理性的手法，讓 Victorine Meurent 的眼神和 spirit 顯露出別具魅力的堅毅自信，而 Gustave Courbet 的同名畫作則以性感而且神話般的 (idealized) 裸女來呈現。Victorine 俐落與陽剛的氣質亦表露在《In a Spanish costume》中。我爲了 Victorine 追逐萬里到紐約到巴黎，數度在大都會和奧賽尋找她的踪影，從未遺憾過，這次我在一張畫作說明中印証了 Victorine 的確於二十世紀交替之際曾經創作及展出過，她在繪畫上的成就或許無法與 Mary Cassett 和 Berthe Morisot 相比，但確因 Manet 的畫而不朽。

我喜愛 Manet，Manet 曾受莫內尊崇但卻被雷諾瓦貶抑，事實上我一直無法對雷諾瓦那些高彩度 (high key color) 風格的畫表示認同。觀看梵谷時我發現他的靜物和花朵不是讓人欣賞的而是讓人沉思的。縱覽印象派畫作，我仍喜愛 Degas 利用粉彩蠟筆創造出的質感以及 Fantin-Latour 細緻的靜物。

最後匆忙地看了美國的現代藝術展區，當然不能錯過的是 O'Keeffe，她的

《Ranchos church》用了廣大的後景 (back view) 來表達遙遠及孤寂 (longing and loneliness)，「遙遠」是她在New Mexico近乎遁世的生活(physical location)，而「孤寂」則是她心中的感情 (emotion)。

小記之外

美國的美術館當然不止於此，在我初到美國做博士後研究時就陸續走過了華盛頓特區、波士頓和芝加哥的重量級美術館，甚至到了南方 North Carolina 的美術館。所看的仍多是歐洲十八世紀以後以及美國本土藝術家的畫，往事不復記憶。至於美國的畫家，我所喜歡的應該就是大部份人也喜歡的（我也是很「人云亦云」的），反正總是不會錯過 Winslow Homer、Andrew Wyeth、Edword Hopper 或抽象畫家 Jackson Pollock。Hopper 極爲特別，他簡直像個心理學家，也絕對有辦法讓你在他的畫前停下來，不過我永遠的偶像仍是 Georgia O'keeffe。我倒是一直對二十世紀初的哈德遜 (Hudson River) 畫派作品感到很困惑，因爲那些畫讓我想起二三十年前在台北街角或天橋下常看到的巨幅「外銷」風景油畫，實在有些「俗惡」。

因爲藝術，我認識了世界。

2010/07/17

在台北看印象派

燃燒的靈魂

我對 van Gogh 沒有特別鍾愛，也不曾因爲他的 starry night 而有任何驚心動魄的感覺。大約是高中時讀了余光中的《梵谷傳》後開始對他有點認識，第一次遠遊到了荷蘭也去了梵谷美術館，事隔二十餘年，還記得當時站在《食薯者》面前，不甚理解此畫爲何「偉大」。多年來進進出出世界各地的美術館當然也看了不少梵谷，甚至於兩年前在維也納等待轉機時，亦閃電式的進城在 Albertina 美術館看了他的特展，但這次終於在台北看到了他的畫。

我相信他對藝術是狂熱的，他的向日葵、橄欖樹、絲柏、星空都和他自畫像裡的眼神一樣是一團熊熊的烈焰，飽含著爆發的能量，但我不解爲何他能在自殺前夕還寫著「我仍然熱愛藝術與生命」，似乎他連赴死都要帶著他的熱情。

我在畫展中抄錄了兩則令我有感的句子：

In life, it is the same as in drawing—one must sometimes act quickly and decisively, attract a thing without energy, trace the outlines as quickly as lightning.

Painting is a faith, and it imposes the duty to disregard public opinion.

畫是他的生命是他的信仰。

從馬內到畢卡索

爲避免人潮，選了一個非假日的下午和朋友一起去北美館看此畫展，當我們擠進展區時，我發現我旁邊有人 Manet \ Monet 不分，偏偏我喜愛馬內 (Manet) 勝過莫內 (Monet)，所以實在有點想上前去 educate 他一下。

馬內在這畫展中的《Carmen》並不特別出色，大概是眾人都太熟悉他筆下 Morisot 的優雅神祕以及 Meurent 的浪漫挑逗和堅毅自信。大部分的畫對我而言可看可不看，不過我倒是發現莫內晚年的睡蓮變得極爲狂野，另外我也實花了點時間研究他在《Maune-Porte of Etrctat》中如何用靜謐的水波掩蓋住海潮的流動與不安，以及畢沙羅 (Pissarro) 在《Lacroix Island》中如何畫出氤氳的霧景。我雖然不怎麼喜歡馬諦斯 (Matisse)，但他在《The moorish screen》裡確實用豐富的色彩和圖樣 (patterns) 創造出明亮優雅的氛圍，如他所言「Creativity takes courage」。所有畫作裡我最喜歡的仍是莫迪里亞尼 (Modigliani) 的《Blue eyes》，雖然這幅畫潛藏的憂鬱不及巴黎現代美術館內展出的那幅那般深邃，但他爲 Jeanne Hebuterne 所作的畫像以及 Jeanne 在現實中美麗又哀愁的故事震攝了我無數次，無論如何我仍難以理解這位女藝術家如何用她對愛情的信仰 (belief) 去成全與實踐 Modigliani「短促卻熱烈的生命」。

最後看到 O'Keeffe 的一幅《Red hills and bones》，畫作旁的詮釋「renewal of life from decay」告訴世人她總是能在紅土曠野的殘骸中找到新的生命力。另外，我驚喜於看到她的句子：

When you take a flower in your hand and really look at it,
it's your world for the moment.

我也是花的追尋者，手中的菊與荷即將完成了，照 O'Keeffe 的說法就是我又將完成了一個世界。

2010/07/27

春遊北美館

2011年花博熱鬧登場時我無心花博，只一心惦記著尚未去看高更(Paul Gauguin)畫展，雖在世界各地美術館中看過不少他的畫，兩年前也讀過陳慧娟翻譯Bradley Collins所寫的《梵谷與高更》，但從未有機會看他的特展。我決定新年初一一大早成爲北美館的訪客之一[1]，可惜我這個路癡開著車從南港出發，幾乎周遊台北半圈，除了見識到了湧入花博和行天宮的人潮外，卻未達目的[2]，過了幾天才「聰明」的搭捷運去。

高更並非一個學院派出身的畫家但對繪畫有著一種成熟的自信，並且能在印象派之後走出之自己風格，在他的utopia裡發掘原始色彩的美和力量，這應源自於他的出生後即移居秘魯的生活，在返回法國後又經過布列塔尼(Bretagne)的洗禮，最後在大溪地完成一個輪迴，雖然如此他的畫作仍緊扣著他的文化、歷史及宗教背景，擺脫不掉文明的教養。

在看完高更後我也匆匆的看了北美館裡其它的展覽。我不是丁雄泉的 fans，但我注意這畫家很久了，知道他在何時何地有畫作展出，知道他何時病倒了又何時離世了，想到這麼燦爛的人生終究也是得蒼涼落幕，無限唏噓。丁雄泉的畫風鮮明且辨識度極高，他畫的多半是女人，甚至是以花或鸚鵡陪襯的女人，《女人和鸚鵡》是個在西方繪畫中處處可見的主題，鸚鵡代表愛情，在印度畫作裡亦象徵繁衍生殖的力量。鸚鵡曾伴隨著浪漫派 Delacroix 和寫實主義 Courbet 的肉感（fleshy）女體，也伴隨著 Manet 筆下神秘知性的 Victorine，她在紐約大都會博物館的《女人與鸚鵡》裡展現一種難以言喻的魔力，簡直是我的 Samothroce 勝利女神。之後這個主題也繼續出現在印象派 Renoir 和 Cezanne 的畫裡，而丁雄泉永遠的奼紫嫣紅，再加上安迪沃荷式的 replication，創造了不一樣的且有東方風格的「women with parrots」。

同時看了蔣勳的畫展，我亦喜愛其中部份的主題，在那些畫中他用細微的光影變化強調心境的演繹，並透露著一種寧靜與淡泊的人生觀，他的畫作有一種沉潛的美。最後看了劉耿一的部份畫作，他的人物有一些 Modigliani 又有一些 Munch，他的風景混合了後印象及野獸派，我也喜歡，只可惜無暇多看。

在終日陰霾的漫長冬日後，終於有機會在北美館看到了陽光燦爛的大溪地和色彩奔放的丁雄泉。

2011/03/02

1. 我後來才發現就算順利到了也沒用，北美館在新年初一是休館的。
2. 當時尚未裝 GPS，手機也是一台老母「機」。

初夏的巴黎印象

2011 年的初夏在台北有莫內 (Monet)，高雄有莫迪里安尼 (Modigliani)，前面還有梵谷 (van Gogh)、高更 (Gauguin)，後面還有畢卡索 (Picasso)，總之台灣的藝術天空突然變得很巴黎。

多年前在北美館的一個畫展裡第一次驚豔到 Modigliani 的藍眼女子，她簡直是我心中「近立體派」的維梅爾 (Vermeer)，五年前趁開會之際在巴黎停留數日，便迫不及待的去巴黎現代美術館尋找那位冷靜又深情的女子，在那個僅有幾位歐巴桑館員坐鎮的冷清小美術館裡，我終於又能如願的在她那雙深邃憂鬱的藍眸前與她對談。當得知高雄有 Modigliani 特展後，便趁南下開會之時走訪一趟高美館，這次沒有藍眼女子的等待，我多少有些失望，不過倒是發現 Modigliani 的女子頭像雕塑便是把布朗庫西 (Brancuci) 沉睡的繆思 (muse) 立起來後再塑進藍眼女子的空寂眼神，那眼神承擔著一種外人無法解讀的沉痛，畫展中他有一幅斜躺的裸女也讓我想起了 Manet 的《Olympia》。

在世界各地不知看了多少 Monet 的畫展，多年前站在紐約大都會博物館的巨幅睡蓮前，第一次領略到原來他的睡蓮可以那麼的抽象，抽象到只剩一抹藍紫一抹黃綠，天光、水影和睡蓮交融一片。多年前在巴黎旅行時參加了一個到莫內花園的單車之旅，我和其他遊人先搭火車到 Vernon 小鎮，然後騎了腳踏車循著鄉間小徑到 Giverny，途中的紫藤、玫瑰、波斯菊、大麗花早已讓人覺得處處「莫內」了，然而真正到了莫內花園，看到了那依傍著無數垂柳的睡蓮池和日本橋，以及池旁的鳶尾和百子蓮，我方才驚覺已走入一幅巨型的莫內畫中了。

這次在北美館觀看莫內的畫作時，再次感受到池景中有虛有實，而且虛實參雜，景物有抽象有具象，有動亦有靜，對畫我未有太多驚喜，但在畫展中讀到他的一句話「I have been painting nonstop……」倒是心有戚戚。

另外兩個畫展讓我的「印象初夏」多了一些「非印象」的元素，其一是在北美館的一項聯展中阿卜極（Abugy）所展出的幾幅抽象畫，主體極簡隨人解讀。另一是福華沙龍的郭博州個展，我喜歡他那些有水墨意境的多媒材畫作，抽象讓人感覺自由。

我便如此過了一個充滿藝術氣息的初夏。

2011/05/25

詩畫伴寒冬

在多雨寒冷的跨年之際，讀了點詩觀賞（想）了一些畫。

我一直覺得詩就像抽象畫，它們 match 讀者或觀賞者的靈魂僅是瞬間的事。詩有時也像宇宙中的黑洞，它凝聚了莫大的能量就等待著千萬年後爆炸。在還堪稱青春的年紀讀過鄭愁予，不明所以的都會背出幾句，以爲錯誤可以是美麗的，那時還能瀟灑的自命爲宇宙的遊子，甚至幻想自己短暫華美的生命。當一切落入現實後就不太讀詩了。不僅不敢讀詩，更不敢隨意讀周夢蝶的詩，就像不知能否見佛所以不敢參禪。猷記十年前略讀過《十三朵白菊花》，只覺句句如玉如珠，讀到「向佛影的北北北處潛行，幾度由冥入冥」，我怔住，可恨我無慧根不配追隨詩人在「八萬四千偈」中冥想求道。

年底前在誠品的書架上突然拿起了詩人的另一本詩文集《有一種鳥或人》，

又再度被詩的巨大魅力震攝住，見到「樹樹樹葉，葉葉皆像虛空處探索」，於是想試試愚癡的我能否再摘到一片菩提葉。不過我終究只是個詩盲，在詩人廣大如「無量恆河」的詩句中，從不敢希冀能「一聞千悟」，就像見松尾芭蕉的俳句亦未必知其真髓，幸而詩人說了「詩你不讀它，它也不會說你薄倖」，這句話替我解了套，不過我再把詩人的偈句暫置於高閣，待來日再續。

年初去看了靜物畫家顧何忠的個展，他的畫是具象的甚至是極其寫實的，可是畫題確是抽象的，錢幣變成是 unreality 或是 vanity，眼前的桌面可以延伸到彼岸 (nirvana)。畫家把一只銅杯或一只陶碗端放在大理石桌上，傳達了一圓一方的東方哲學，整個畫面有沈潛凝聚的美。畫家亦細膩的描繪出器物的質感，銅有內斂的光澤，陶有樸拙溫潤的手感，木器則有歲月的肌理，但畫家選擇的背景卻多是冰冷而且硬度高的大理石，這究竟是對話 (dialog) 還是對峙 (opposition)？

這次觀畫，我似乎是第一次感受到「靜物非靜」，當畫家把杯子挪移到桌邊讓它部分懸空於桌外時，它便不再是「靜物」，雖然它在畫中所呈現的質量未變，可是卻必須精確的遵循著物理的定律，達到力矩及能量的平衡，把它潛藏的能量釋放出來，於是它和觀者之間便形成了動態的交互作用 (dynamic interaction)。

另一種動靜的對比是當畫家讓靜態的生物開始 decompose 時，靜物的「stillness」和「eternality」便隨之消失了，開始腐爛的南瓜、長出點點霉斑的麵包、屠宰場裡離體的豬心均如是說。因此依 Norman Bryson 的感知派 (perceptualism) 理論，這個畫家所表達的物相是對照著時空的環境 (context)，讓觀看的人得到的不是即席的建構，而是必須穿透畫家的觀點由「感」而「知」。不知我的解讀有無偏狹，這些靜物告訴我世間沒有永恆！

後記：

修改到此篇時，詩人已去冥界追尋他化外的詩境了。

2013/01/27 初稿　2013/5 月後記

「印象」歐洲
~Impressionists' Europe and Impression of Europe

巴黎

沒人能否認巴黎是歐洲藝術的寶庫，羅浮宮更是其中之最。四度到巴黎，四度訪羅浮，我甚至會像行天宮的香客去搶頭香一樣在開館的前一小時就去排隊，待鑽入金字塔底層後就拿著藏寶圖穿梭在一間間掛滿了 Rembrandt、Rubens、van Dyck、Vermeer、David、Delacroix 和 Ingres 畫作的陳列室直到閉館。其實羅浮還不是我的最愛，到了巴黎我一定還要在奧塞美術館內待上一整天，喜愛印象派成痴的人怎能放過 Degas Pissaro Manet Monet Renoir Cezanne 和 van Gogh 呢？一口氣羅列那麼多畫家絕非我三言兩語能說完的，我只能用一本本觀畫筆記証明我對印象派的狂熱。再來就像是跨過銀河一樣到了龐畢度中心去看 Miro、Dubuffet、Chagall、Picasso 和 Matisse。除此之外巴黎的現代美術館 (Musee d'Art Moderne) 有我鍾情的 Modigliani，到了橘園美術館 (Musee National de l'Orangerie）當然還是少不了看 Renoir、Cezanne 和 Monet 的畫，甚至還看得到 Matisse 和 Derain 早期中規中矩的靜物作品，最後總要在莫內那光影迷離的巨幅睡蓮前小坐片刻，印証自己來過橘園了。在四次巴黎的旅行期間，還曾參加了一個到 Giverny 莫內花園的單車之旅，在那裡一切仍如百年前莫內所創造的景緻，園中仍是繁花盛開，池邊垂柳依舊，日本橋的倒影仍印在池中，只是昔人日已遠了。巴黎對我的媚力是不可言喻的。

英倫

在我眼裡倫敦的藝術魅力不及巴黎，但是至少是第二，在倫敦的數天裡我浸淫在 Tate 美術館裡看 John Constable、看 Wiliam Turner，到了英國國家畫廊裡更是看個天荒地老。在看完國家畫廊的那天還去聽了聖馬丁室內樂團的演奏，世界上還有什麼比這樣更美妙的安排？反倒是在大英博物館內我僅隨著眾人的腳步「到此一遊」，羅塞塔石碑上的字對我而言是天書外的天書，不過中國館內的一尊佛像卻讓我駐立良久，他似乎解讀了我當時已遠遊歐美月餘所累積的鄉愁。我很喜歡 Courtauld Gallery（科陶德美術館），在那小巧精緻的美術館裡竟然沒什麼人，我去的那天館內最多不過五人吧！不過也只有如此我才能在 Folies-Bergere

的吧台前點一杯香檳，向馬內問候一下吧[1]！另外我還在這裡發現了 Virginia Woolf 姊姊 Vanessa 的畫《The conversation》，在畫中我似乎看見了二十世紀初 Bloomsbury 的社團成員用他們靈慧的辯才在「對話」，甚至那對話裡還有濃重的英國腔。

柏林

僅管柏林有很好的國家畫廊，不過我對荷法以外的繪畫興趣闕如，在柏林我如願的看到了 Vermeer 在我出生前三百年畫的《戴珍珠項鍊的少女》，少女穿著鑲黑點毛皮白邊的黃色短外套，很時尚的黃，Jil Sander 或是 Miuccia Prada 應該可以從中擷取一些靈感才是！其他同時期的荷蘭畫家如 Pieter de Hooch 和 Gerard ter Borch 的畫也很「Vermeer」，不知「Vermeer」代表的是否是一種繪畫的時尚。

維也納

第一次到維也納我先拜謁了 Leopold 美術館和貝維德宮（Upper Belvedere），Leopold 集中了十九世紀奧地利畫家的經典作品，不過我個人主觀的認定沒有人能超越同時期法國印象派的光芒。但 Egon Schiele 的畫倒是有些吸引我，吸引並不能代表喜歡，我不解繪畫的深奧理論和哲學，只覺得席勒的畫有一種特殊的魔力，他用粗陋的線條和污濁的顏色畫出人的空洞、絕望和不堪，他的畫其實讓人焦慮不忍卒睹，他在挑戰人的審美觀，他逼迫人們去洞悉主體的內在，是一種由反而正的透視。他在二十八歲時便因西班牙流感而殞命，我常懷疑他這麼年輕的生命是如何看穿自己的，如果他不是死於這個意外，他會改變他的風格嗎？至於另一位奧地利畫家 Gustav Klimt 和我是不同道的，我只能對他抱歉了，不過我忽然發現他也沒逃過這場比第一次世界大戰還強悍的流感劫難。至於貝維德宮則不甚了了，對我來說它不過是充滿了俗麗巴洛克風格及裝飾性藝品的豪宅罷了。

後來再到維也納都是爲了轉機，有一次我獨自轉機又有漫長的一天要等待，就決定無論如何得進城找個美術館充電一下，沒想到正好在機場看到一則 Albertina 美術館印象派畫展及梵谷特展的海報，因而乘地鐵匆忙前往市區。「從莫內到畢卡索」的展覽中包含百餘幅作品，涵蓋印象派以降的各個時期，甚至包含了立體派、野獸派及德國的表現主義畫作，雖無令人震撼的經典，不過我仍聊勝於無的從頭至尾看一遍，畢竟在等待轉機時刻，能有印象派畫展可欣賞，已是老天額外的恩賜了。

更難得的是梵谷特展。梵谷對色彩真是有超乎常人的執迷與狂熱，從瓶中的向日葵到滿園繁花，從普羅旺斯（Provence）眩目的陽光到阿爾（Arles）閃耀的星空，無一不是充滿著色彩與線條的爆發力。他非常勤於繪畫的試驗，他的筆觸隨他的心思轉變的越來越粗曠，他對人生對美太沉溺太痴狂了，所以他先終結了他的左耳，最後再終結了他自己的生命。

佛羅倫斯

再次造訪佛羅倫斯的烏菲茲美術館（Uffizi Gallery）已是相隔近十年的事，雖然這裡是文藝復興藝術的朝聖地，可是我對義大利的宗教藝術極度冷感，只能如普羅大眾一樣來朝拜 Botticelli 的《維納斯誕生》、da Vinci 的《聖母子》和 Raphael 的《Cardellino 聖母》，兩次都是如此。看雖看，但我對文藝復興的魯鈍是不可能開竅的，無論怎麼看就是不到位，而且總覺得大多數的聖子都被畫得像得了 progeria（早老症）一樣。Uffizi 在這十年間應是沒有什麼重要的變化，畢竟 Tizian 的烏爾比諾（Urbino）維納斯也仍躺在同一張貴妃椅上，對我而言看完這些就像看完「文藝復興」的全部了。第二次到 Uffizi 時正好有卡拉瓦喬（Caravaggio）特展，不管他對西洋繪畫史有重要的影響，但我對他的畫一點都提不起勁，所以我就放棄了。

佛羅倫斯還有米開朗基羅 (Michelangelo)，第一次到此城，我便是住在離學院畫廊 (Gallery of Accademia) 不遠的一家旅館，旅館是一幢十四世紀的建築，住在那裏我似乎也變成了「古董」。雖然造訪了學院畫廊，我現在對它的剩餘的記憶只有「型男」David（大衛）的雕像而已了。

在第二次到佛羅倫斯時我去參觀了一間名爲 Palazzo Strozzi 的小美術館，意外的是竟遇上一個印象派畫展，讓我的靈魂能在中古世紀的沉悶中甦醒，該美術館也是一幢十四世紀的建築，反正走在佛羅倫斯城內無處不文藝復興。那個名爲「Painting Light: Monet、Renoir 和 van Gogh」的展覽作品是來自德國 Cologne Gorbound 基金會的收藏，他們刻意安排參觀者循序從一幅幅畫作中體會印象派畫家對光處裡過程，體會從 Sisley 到 Pissarro 再到後來點描技法的轉變，以及 van Gogh 和 Gauguin 如何表現出放蕩不羈的色彩與線條，我發現「撞色」在 van Gogh 的畫中屢見不鮮。看罷展覽，我約略領會了一些光在分解與融合後製造出的物理甚至化學（情緒）元素，至少沒白來一趟。

還沒說完

除此而外，我於二十餘年前在旅遊阿姆斯特丹時去朝拜過荷蘭國立博物館(Rijksmuseum)，到了那裡當然不能不隨著群眾去擠在 Rembrandt 的《夜警圖》(Night Watch) 前，究竟那時是看畫看軼事還是看熱鬧，自己也不清楚，我其實是爲了 Vermeer 的畫而來的，不過仍遺憾的是沒去海牙 (Hague) 的皇家美術館，所以未能親睹《戴珍珠耳環的少女》裡那位荷蘭的蒙娜麗莎（本來以爲這個詞是我發明的，一看網路才知道有人比我搶先註冊了）。之後也去了梵谷美術館，藝術之旅是很豐盛，只不過年代久遠沒留下筆記，僅剩到此一遊的印象了。不過最令我失望的是布拉格的國立博物館，我記得裡面什麼都沒有或是我有眼無珠不識珍寶，到了布拉格還是待在戶外就好了，坐在 Vltava 河邊喝咖啡看著對岸如放大版的童話世界也是件賞心悅目的事。

2010/07/17

1. 見馬內畫作《A Bar at the Folies-Bergene》（女神遊樂廳的吧台）。

畫外之話

點線面

蒙特里安（Piet Mondrian）首先把基本原色填在筆直的線條間，克利（Paul Klee）在線條上做了些妥協，再把線條間的方塊填上了馬卡龍色，波洛克（Jackson Pollock）乾脆解放了所有規律的形式，讓點和線任意的流竄在畫布上，康定斯基（Wassily Kandinsky）有形無形都可，色彩繽紛最重要，抽象就是這麼回事。

全錄（Xerox）

在看畫多年之後我才發現大師也會模仿[1]，而且不用把模仿的畫作藏在家裡，可以堂而皇之的把它們掛在美術館內。畢卡索（Pablo Picasso）有《彈吉他的人》，布拉克（Georges Braque）也在同年作了一幅，甚至過了幾年之後他把畫裡的男人改成女人。布瑞頓（Jules Breton）有《Weeder》，而米勒（Jean-François Millet）有《Cleaner》。當然我最愛的還是馬內（Édouard Manet），尤其是他的《Olympia》，其實「類奧林匹亞」的影像不斷的出現繪畫史上，提香的《The

Venus of Urbino》、哥雅的《The naked Maja》、安格爾的《Odalisque and slave》和 Leno Benouville 的《Esther》，可是她的暗喻 (implication) 可以隨畫、隨觀賞的人而不同。Jules-Elie Delaunay 畫裡的黑衣女子和馬內的 Victorine 有著類似的神韻，所以表情也是可以複製的。有一年我在紐約現代美術館 (MoMA) 內看了一個專門比較塞尙 (Paul Cézanne) 和畢沙羅 (Camille Pissarro) 風格的展覽，兩人的類似畫作比鄰陳列，可以看的出來塞尙師法畢沙羅但後來在色彩和光線上做了不少 revolution。

在科學上，這個叫做「back-to-back」的發表，至於裡面是因「英雄所見略同」還是有意無意的剽竊資訊或抄襲則是你我不知的內幕。

歐姬芙 (O'Keeffe)

我是 Georgia O'Keeffe 的忠實粉絲，有一回在紐約的大都會內看到一幅她的畫，旁邊有個解說，大意是她的沙漠、花和牛骨告訴我們生命輕如鴻毛 (lightness of being)，但她又替我們捕捉到了的瞬間存在的意義並且傳達了一種永恆無界的開闊 (capture the transient and convey unlimitedness)。她曾說過「別人常常誤解她的意思」，所以我不知這些詮釋是否也是一種誤解，不過對我而言也算是個美麗的誤解。

圖騰

很多年前在東京都美術館看了馬諦斯 (Henri Matisse) 的畫作與織品（textile）展覽，我雖不甚喜歡馬諦斯，不過他的顏色很有活力讓簡單的圖騰（totem/pattern）躍動起來。百年前日本的浮世繪傳入法國進了莫內和梵谷的畫中，今日馬諦斯的圖騰再從法國來到日本展覽，其實是一種回溯。不過當草間彌生（Yayoi Kusama）把她的圓點貼在法國 Louis Vuitton 的包包上時，我實在是大感不解，不明白爲什麼大家會對那些原色圈圈那麼趨之若鶩，還要向它上貢大把大把的鈔票。

藍

我喜歡維米爾（Johannes Vermeer）的藍，多一些沉靜（tranquility）少一些憂鬱（melancholy），我更喜歡莫迪里安尼（Amedeo Modigliani）的藍，不過他藍裡的憂鬱有些凝重，而且還埋藏著一種失落卻至死不悔的決心。

解構

畢卡索把人像解構了，席勒（Egon Schiele）則把人性解構了，巴斯奇亞 (Jean-Michel Basquiat) 把解構的人像畫在紐約街頭，和世人近距離的接觸而且發生更多的互動。秀拉 (Georges-Pierre Seurat) 教了我光的分解，又教我如何用眼睛當調色盤再把色點組合與融合，有一次我在莫內的巨幅睡蓮前發現他把花分解了，花變成色塊，因此花非花，若你要真的「看到」他的睡蓮你得站得遠遠的，正符合周敦頤「只可遠觀」的說法。莫內的確很瞭解光和色彩，他的秋天會有粉紅色，水裡會有紫色，不過我總覺得印象派畫家的騙術很高明。

蒙娜麗莎

「達文西真的很擅於處理臉部的表情」，我看畫時會寫筆記，我在相隔多年的筆記裡看到自己竟寫下雷同的註記，可見蒙娜麗莎爲何可以成爲羅浮宮的寶中之寶，原來她一直都給人很 consistent 的感受。

反差

美國畫家 Edward Hopper 和我一樣喜歡巴黎，他早年的畫也真的很印象派，後來他把印象派的光兩極化，形成了強烈的反差。在黑夜，建築物可以從窗戶中透出強烈冷靜的燈光；在白晝，如鎂光燈般的陽光也可打在窗內一片黝黑的建物外牆。在他的畫中建築物和人物的表情同樣都很冷，而且冷的很絕對，沒有妥協沒有模擬兩可，他創造出了強烈的心理效果 (psychological effect)。導演 Gustav Deutsch 把 Hopper 的畫藉由一個不老的雪莉跨越時空串連在電影螢幕上[2]，震撼的效果不下於看畫。

人物與靜物

關於人物，我喜歡林布蘭（Rembrandt van Rijn）不喜歡雷諾瓦（Pierre-Auguste Renoir），因爲彩度明度太高的色調讓人覺得沒有深度。不過老實說我喜歡芳登拉圖（Henri Fantin-Latour），我知道有不少人是不屑寫實靜物的，你若要問我爲什麼喜歡？我想我畫靜物是尋求一種專注和平衡，它有一種療癒的效果，透納（William Turner）把海洋畫得怒海濤天只會讓我更焦慮。

沒有色彩

最後一則非關畫而關於書—村上春樹的《沒有色彩的多崎作和他的巡禮之年》，村上的「沒有色彩」（colorless）當然不是視覺的，而是人格特質的，只是不知道粒子物理（particle physics）學家看了以後要如何解讀這個「colorless」。

2013/05/24

---

1. 校稿時 Caroline Larroche 的《Oui copie gui？》（誰抄誰）中譯本上市，讀了之後恍然大悟，原來抄襲／複製可以這麼有理由這麼有學問。
2. 電影《13個雪莉—現實的幻象》（Shirley-Visions of Reality）。

卷七　如青色殘焰的往事

在腦海深處埋藏的事不見得是過去式，它會不定時跳脫出來成為現在式。

暴風中的惜別

2011年仲夏某日，天氣被南瑪都颱風攪和的時晴時雨，女兒即將跨海求學，我獨自送她離去回到家中後，少有眼淚婆娑的我竟立刻淚流不止，她十八年來的點點滴滴像幻燈片般的在我眼前閃逝，雖然我知道我將不用再每日氣急敗壞的叫她起床、不用再爲接送她上下課而抱怨自已的時間被打斷、不用再跟她爭執她生活上種種讓我看不慣的瑣事，雖有一百個「不用再」，但換來的是她遠離我的感傷，那是一種我未曾預期到的深沉感傷。

那天我一人在家中呆坐到夜幕降臨，即使外面風雨稍止，她的飛機也早已遠離南瑪都的暴風圈而將降落在北方的城市，但我的憂傷卻未稍減，眼前的幻燈片仍不停的播放，那時有一種聲音告訴我以後將不是「不用再」而是「沒有人再」，沒有人再讓我分食一口她的冰淇淋、沒有人再去 Jasons 幫我帶一塊 Roquefort 藍霉起司，更沒有人會再跟我說 Hello 我回來了。最後我只好用一顆安眠藥終結了眼前播放的幻燈片，讓淚水在眼角乾涸。

2011/09/11

古都

在看了朱天心十五年前的作品《古都》後我才意識到原來地理不是平面的，縱剖下去可以找到它的歷史脈絡，它是一種民族、文化、政治交相影響下的綜合體，它的形成有一些必然也有一些偶然。値得玩味的是在這篇小說裡作者用真實的身份遊走在一個台北的類比城市（日本京都），卻用一個虛擬的身份穿梭在時空交錯的台北（現代 vs. 日治）。她對政治人物冷眼銳利的諷刺令我拍案，的確有不少人看不透過眼雲煙般的權利，耽溺在那些虛妄矯飾的遊戲中，意識型態不過是一種騙術，荒謬的政治謊言就如同「可能開花的芍藥牡丹」一般。她描述四十餘年前的綠衣黑裙學生在每年十月底的某日（正好是 Halloween）進總督府領壽桃一事，或許就和我們今日在新聞中看北韓人民向他們的 king (Kim) 祝壽一般。她的花草樹木各有各的政治版圖，不過「菊花木樨」和「芙蓉樹蘭」的暗喻還是不若今日的「藍綠」更爲簡單明瞭。她的食物也有族群語言，你要去圓環吃一碗台式米粉湯還是上南門市場買一個的湖州粽子？不過圖騰的摧毀總是在瞬息之間，恆久是不存在的，城市的拆解與重建也如入桃花源一般，似真似幻。

我也隨著作者深入地層去探勘台北的前世今生，尋找我的「古都」。我走回了年少的時光，我和作者一樣曾唸過的綠衣黑裙學校在前世曾是座孔廟，這大概注定了那是個讀冊的地方吧！到了日治時期它便是台北第一高等女校，校地恰在台灣總督府旁，稱為文武町五丁目。學校的對街在更古早的年代是座關帝廟，它的福利社便是我們當年在週末中午結伴吃湯麵的所在。走過總督府前的廣場便是木町通，在日治時期就有了新高堂書店，後來果真成為一條書店街，我們的黑鞋白鞋不知在那裡踏過了多少遍，我現今的書架上還放了幾本有三十年歷史的書，寫到此處，我順手拿了陳鼓應的《悲劇哲學家尼采》，一翻竟然翻到有我「眉批」的一頁，「憐憫使人有乞求的慾望，是一種墮落的先質」，落款日是我高一下學期剛開學之時，我不敢像尼采一樣宣判上帝的存在與否，但我想我是同意他對憐憫的批評，沒想到青少年的生澀竟在一本舊書上找到了印記。

我們在雙十節和自由日前會到現今小巨蛋附近的體育館練排字，不過這座建築物和它的歷史象徵如今都已付之一炬灰飛煙滅了。軍訓課時我們到華納威秀打靶，還真感謝戒嚴與威權，讓我們這些無聊的高中生在終日書裡來書裡去的沉悶時光中有一份出遊的期盼。為了去台北車站（現今新光大樓）前的票亭辦月票，我們會走過古時有天后宮繼而有兒玉後藤紀念館的公園，我不識白先勇《孽子》裡的情節，但知道走過公園可買杯公園號酸梅湯。為了挽救化學，我也曾在高三那一年和幾位死黨去現今大安森林公園附近一家補習班上過課，偶遇國際學社書展，便又可在外蹉跎一陣子再回家。

彼時與父母同住在堀江町的公寓，門前的路在日治時期是一條叫作「赤江」的排水道，離家不遠處有座馬場町公園，至今我才知道那地方曾是刑場，難怪我總在夢中被莫名撼醒，或許有人希望我能傾聽他們含冤的故事。

結束了高中青澀的生活後，我唸了位在富田町一個曾叫做台北帝大的學校，因此平日活動的地域便遷移到公館附近，偶爾進城便是到曾是清代「布政使司衙門」及日治「台北公會堂」的中山堂，或是經過基隆路到東區以東的國父紀念館大會堂去聽音樂會。在兩座宮殿式的音樂廳和劇院蓋好後，我才轉換陣地。雖然歷史不停的在變，一時中正一時自由，不過音樂和藝術的美應該是永恆的。

歲月匆匆「因循不覺韶華換」[1]，每個人回憶過往都應該找到屬於自己的私領域、私符號，在記憶還來不及銘刻下來時，它們瞬間又成為歷史的灰燼，我們永遠只是個宇宙的過客。

2011/12/08

1. 北宋詩人宋祁〈浪淘沙〉。

菲利普的聯想

南港始終是個被陽光遺忘的地方，上週更是冷雨不斷，所以心情也跟著陰霾了很久，前兩日開車外出去上課時從車裡的愛樂電台聽到 Prokofiev 的第一號交響曲，那既古典又磅礡的快板第一樂章像一道電流瞬間通過我，此時車子正好上了高速公路駛向一個無雨的地方。接下來又聽到 Saint-Saens 的第三號小提琴協奏曲，第三樂章華麗的銅管合奏把我心中僅餘的沉悶一掃而空了。

在普魯斯特（Marcel Proust）《追憶逝水年華》裡，男主角 Swann 在聽到 Saint-Saens 的D小調小提琴與鋼琴奏鳴曲後，便因爲「小提琴纖細綿延的樂音」以及「鋼琴如月光下被柔化的淡紫色波濤」而啓動了一連串美好又感傷的回憶（摘自國家交響樂團部落格）。我非 Proust，沒有那麼敏銳的感受和豐富的文字，但是當下的情境讓我如 Swann 一樣追憶起三十年前那段與音樂爲伍的時光。

也是菲利普

其實我的確遠離了曾經熱愛的古典音樂多年了，就在重溫它突然給我帶來的熱情與活力後立刻去燦坤抱回一台菲利普桌上音響，先說眼前這個有 CD/FM 可播放 iPod/iPhone/iPad 可連接 mp3/USB 的薄型音響，它讓我想起三十年前大一時，我拿著省吃儉用存了數月的錢，和同學去中華商場選了半天才買下一台天藍色的菲利普，它之後伴隨了我在宿舍的每個夜晚，我仍清楚記得當聽到鄭京和的 Beethoven 小提琴協奏曲時那種被 touched 的感覺。除了回憶，我另外發現小音響還真是抗漲的商品呢！

晚上先從冷凍了近十年的二百餘張 CD 中抽出 Ashkenazy 彈的 Chopin《夜曲》，在電暖器旁讀著曾任台大外文系主任的廖咸浩在多年前所出版的一本散文，他在這本書中也充滿了對往昔的追憶，在最後一篇〈河岸留言〉裡，他記述他從十七歲那個只想做「遊唱詩人」的年代開始參加合唱團，而後自己唱……到最後離開了舞台，而在人生的另一個舞台上他成爲研究歐洲文學的學者，看到這裡我也只能說我也是如此這般。

音樂既美好又苦澀

我愛音樂但它其實對我並不友善，小時候學了一點點鋼琴，在某次國中音樂課的期末考，我選了 Boraczewska 的《少女的祈禱》爲「考題」（對啦！就是那個垃圾車音樂），彈不到兩分鐘，老師便揮揮手叫我下台，給了我一個勉強及格的分數，接在我後面要「考」的人正是他女兒，我這位同學竟選了和我一模一樣的曲子，但她從第一個音符彈到最後一個音符，他爹沒有對她揮手，那種不可言喻的挫敗害得我好幾天不願開口說話，連中午吃便當都遠離我的狐群狗黨朋友，躲在一旁惦惦的吃。

明知毫無天賦，我對音樂的投注仍如飛蛾撲火一般，我學了長笛，我的師承會讓人以爲我是主修音樂的，我努力的練習，但我的樂譜還是被老師用鉛筆圈了又圈。大學時在樂團吹的是第二部，畢業演奏會時表演 Cimarosa 雙長笛協奏曲，不用說仍是第二長笛，不過我的「second-rate」哲學便從此處而來。

那時爲了把手中那支像軍樂隊用的 Armstrong 長笛換成一把價格不下於一台鋼琴的 Altus 全銀手工長笛，我可是得努力的兼家教存錢。另外爲了聽音樂會，我也得把一部份的家教所得貢獻到一年約五十場的門票上，大學四年裡我出現在社團的時間要比出現在系館的時間多。我對古典音樂的熱情狂燃了至少二十年，甚至一直持續帶到 Yale，難以想像的是這個長春藤名校的音樂廳簡陋到像清教徒時代的教堂一樣，幾乎沒有裝飾的白牆和天花板，木窗木門木板椅，可是台上出現的卻是 Itzhak Perlman、Jessye Norman、I Musici Ensemble、馬友友……，在無數的夜晚裡我便是頂著星光踏著積雪從音樂廳滿足的走回住處，我甚至聽音樂會聽到了布拉格，薩爾斯堡、倫敦……。

FM 99.7

或許因爲研究工作的壓力，我的古典音樂熱在回台後的十餘年裡消散了不少，只剩下把車內的音響設定在 FM99.7，在家中極少認真的聽音樂，甚至在數月前搬家時清掉了舊的音響，也無意再買個新的。不過現在我正從我收藏的 CD 中找出了 Ricardo Mutti 指揮費城管絃樂團的普羅高菲夫和 Gil Shaham 拉的聖桑小提琴，希望重溫前日的感動！

在樂聲旁，又正好看到手邊的一本散文上面寫著「有些東西我們可能一輩子無法擁有，可是書和音樂卻是公平慷慨的，如初秋的陽光可以溫暖任何一個人」（見張家瑜的散文《告別式從明天開始》），幸而我擁有並且能 enjoy 兩者。

2011/12/22

消失的異域

在今年二月初的國際書展中，無意中看到一本書，作者是我在唸研究所時的室友，真難想像我們彼此已失聯近二十年了，當然趕快把她的書買回家拜讀。她在書中回憶她阿公在花蓮鄉下開設的雜貨店，主修都市計劃的她圖文並茂的將店裡賣的柴米油鹽和廚房裡的菜櫥大灶描繪的鉅細靡遺，這文章挑動了我的記憶神經迴路，讓我想起我自出生後生活了十五年的家。

那是一個位在中壢市區邊緣的眷村，它的規模很小僅有二十餘戶，或許因爲它是上校及將官的眷舍，所以每戶都有面積不算太小的前後院，我還依稀記得我家後院裡的雞籠及芭樂樹。後來大部份的住戶在後院加蓋起房舍，我家也不例外，最後擴充成了四房二廳的格局，即便如此我們還是小戶的，有些將官鄰居甚至蓋起兩層樓的洋房，院內還有造景水池，但最令我羨慕的是他們幾乎每家都有鋼琴，而會彈鋼琴的女孩似乎都高人一等。

我仍清楚的記得家裡前院的左邊有一株極高的椰子樹，一株花香濃郁的重瓣黃梔，黃梔有一個很古典的名字叫「玉堂春」，右邊則有一株樹蘭、一株花色艷紅的朱槿和蔓生於牆角的九重葛及蒜香藤，蒜香並不香，它的味道甚至把它紫色浪漫的情調破壞無遺。客廳正前方原先有一株白色茶花，不知何時換成了南洋杉，玄關處則放了海棠之類的小盆栽。我家是臨近稻田的村尾，因此我們在牆外種了整排的香蕉作圍籬，可是我記憶裡並沒有吃過一根自家種的香蕉。

村子的一邊是稻田另外一邊則是大池塘，每年秋收後眷村的小孩會跑去只剩稻草堆的田裡焢蕃藷、丟泥巴球和玩騎馬打仗，池塘的水也會在固定的一個季節被放乾，翻著白肚的魚躺在塘底的泥地上，乾涸的池塘因而變成大家的遊戲場，但自從聽說有人在那裡跳水自殺後，我就再也不敢去了，甚至在晚上經過那裡時，塘邊竹林的沙沙聲響都讓我不由得加快腳步衝回家。

早期的眷村是個綜合了南北各省口音和食物但也多少有些異類的社區，我不太清楚外人如何看待「眷村」，但我很清楚村內的媽媽們除了買菜甚少和外界打交道，她們生活在一個遺世獨立的象牙塔內，用食物和麻將消磨她們的每一日。

我還在唸幼稚園時，一位住在村首曾裹過小腳的媽媽經常在她家的前院和麵，將發的白胖的麵團送進巨塔般的蒸籠，不一會兒便將兩三個熱騰騰的大饅頭由她女兒交到我們手中，其餘的媽媽們則在自家廚房內變出水餃、滷肉、獅子頭及糕餅，比較讓我垂涎的是蘇式椒塩月餅和紅豆鬆糕，至於母親的廣式蘿蔔糕和父親家鄉在過年時吃的超大鹹湯圓也都存在我的記憶相簿裡，畢竟食物是人類最原始親切的語言。

但那裡畢竟不是桃花源，牌桌上的悶氣與齟齬經常延宕到牌桌下，當你被告知拿這碗酸辣湯給姜媽媽時不能讓張媽媽看見，你就能揣測出今日方城上的輸贏。在房內讀書的我總能聽到客廳內傳來媽媽們的閒話，誰欠了誰一把青菜一瓶醬油的錢，誰家的男主人一定是有逢迎諂媚的本領才能在幾年能升了官。

我在那裡出生到唸完國中，現在瞇起眼睛我似乎仍見到書桌前的木窗外灑下的零散陽光，而記憶就隨著舞動的塵粉悄然落下。

雖然這些陳舊不堪的往事交代了我成長的歷史，但隨著年歲增長我刻意模糊掉這些過往的記憶，我用悖離宣示我的蛻變，甚至帶著些許睥睨與自負看待那些不曾走出眷村的人，我並不想依附在那種陳腐的生活氛圍中，也不想看到走向遲暮的眷村。大約十餘年前的某天，我得知它已被夷爲一片平地時，我只想到我書架上赫曼赫塞（Hermann Hesse）的《流浪者之歌》，可能已躺在傾頽的牆垣瓦礫堆中了，就是這本書啓動了我追尋自我的意志，再加上一些叛逆與偏執，我走向一個孤獨的旅程。我甚至用素食剪斷了我的味覺臍帶，理由充份的遠離了母親的牛腱扣肉獅子頭，用時間代謝掉了血管裡冷凝的白脂，我再用讀書工作充塞了我的每一個生活空隙，我用理性取代溫情，我不願回首。

也許因爲讀了朋友的文章，也許在潛意識裡有一點什麼事情在召喚我，我於日前趁著每年固定的清明祭拜時回到了故鄉，我開車刻意繞到年少時居住的地方，沒想到第一次經過時竟錯過了，待我再回頭相認卻發現異域已真的消失了。

「記憶是那樣痛苦，所以我選擇了遺忘」。(Georgia O'Keeffe)

2012/03/20

最後十七日

我不知道老天爺是否故意選了愚人節這天跟我開玩笑，當我在清晨前往母親的住處按下門鈴時，我沒有聽到如以往一樣隨及而來的腳步聲，在那靜謐沉默的片刻，我有了不詳的預感。事實上她近月來漸形消瘦的身體和蹣跚的步履早已給了我許多暗示，可是愚癡的我竟反應的如此遲鈍，甚至以爲那不過是年邁的必然徵兆。在門外焦急無助的我終於聽見她羸弱的回應，說她早已跌坐在地上無法起身幫我開門，我瞬間了悟了事態的嚴重性。我隨著救護車陪她到了醫院，但確沒料到她這一去就不再回來了，更沒料到的是癌細胞早已在她身上遊竄多時而我竟渾然無知。

入院兩天後母親即戴上氧氣面罩奮力的對它吸吐，我被這沒有預警的惡性變化驚嚇住，深怕在轉瞬間她無力再向老天爭到一口氣，只能同意醫生爲她傾出那即將把五臟六腑淹沒的肋膜積水，讓她促急的呼吸得以暫緩，但她身上的惡山惡水已無情的宣告著天崩地毀的來臨，我從護士手中接獲一疊敘述著絕望文字的紙張，簽下了那個她已叫喚了四十八年的名字，兩日後陪著她轉戰安寧病房，我只期望她身上的惡魔能有片刻的安寧不再騷擾她，但卻不甘她走上這條似乎無法回頭的路。

自她入院以後，我每日清晨拎著電腦買一杯超商咖啡便到醫院陪她，我在鍵盤上打著她不懂文字，雖然我撰寫天書的能力讓她一直有莫名的驕傲，但如今在這終極病房中，無能又無助的我也只能如昔的在鍵盤上繼續敲打。這些年來我自私的用工作爲屏障委身於一個她無法理解的世界，我們的溝通變得極簡甚至抽象。我獨善其身，未曾想要瞭解她的生活語言，我竟日來去匆匆，從不曾陪同她去挖掘她的陳年記憶，連在週末的餐桌上爲她準備的食物都讓她感到陌生而遙遠，白色餐盤裡總是 **marinated spaghetti** 而不是廣炒麵，晶亮的勃根地酒杯中裝的是 **chocolate panna cotta**，她口中雖然不斷的稱讚，但或許心中更想念她年幼時與外公一塊兒吃的溫軟蘿蔔糕配杏仁茶。

當我的思緒與目光再拉回至病房中時，只見到她臉上因侷促的呼吸而顯出的疲態及滲出的冷汗，她的四肢也因爲在皮肉間流竄的體液而蒼白浮腫，是何等的惡魔如此肆虐。在她每日轉醒的短暫時刻，我也僅能用兒語和她溝通，等待她囁嚅出我的名字，可是這個任務變得越來越艱難，最後我反而期待嗎啡能迷幻她的神經讓她不再痛苦。病房中的看護小姐爲她數唸南無觀世音菩薩、光啓社的神父爲她用聖水祈福、基督教會的弟兄姊妹爲她朗讀詩篇，我們都期待神明們的慈悲與大愛。

在母親入院後的第十三天她血壓陡然掉落，護士爲她裝上了monitor，並要我們爲她最後的那一刻做準備，此時我正好看著手中一篇陳芳明的文章「這是絕望與絕別的時刻，死亡不再是迂迴的暗示而是以明目張膽的姿態來掠奪」[1]，是夜我們不敢離去，直到她血壓逐漸恢復，我們才暫時舒一口氣，她不言不語，但我知道她不忍心看我們如此慌張失措。

隔日，在蒼白的病房中家人如以往年節時的齊聚一堂，不過此時的母親再也無法起身招呼大家吃一塊她費時多日準備的南乳香芋扣肉，也許她還有一些不捨，又無風無雨了兩日。明知她的碼錶已在倒數計時了，我卻只能眼睜睜的看著無情的時針往前推移。當我再次回到病房時，護士告知要爲她梳洗換裝的時刻到了，是嗎？我母親要去赴盛宴了嗎？不，她沒去，只是在第十七日的清晨闔上了眼睛沉沉的睡去了。

2012/05/02

1. 見陳芳明〈十年之約〉。

父親的歷史課

我認識父親竟然是在他身後二十五年，當我在整理母親的遺物時發現了一份父親的手書自傳。在一疊保存了四十年的照片中，我想起了父親曾帶我去過新公園、榮星花園、烏來、陽明山，但他高大的身影始終和我有相當的距離。

我想父親一定很疼我，就在我剛上小學的那一天，他帶我到中壢鎮上的文具店一口氣買了好幾枝日本三菱鉛筆，那時一個葱花麵包才五毛，可是一枝進口鉛筆卻要七八塊錢，即便如此父親仍不惜從他拮据的口袋中掏出錢來爲我備齊讀書用品，他也在台北幫我買了歐陽詢的字帖和筆墨紙硯。但是這一切卻像默片一般從我的記憶中閃過，因爲我無法記得我和父親究竟談過些什麼，他的年歲讓我的同學誤以爲他是我阿公，他越到晚年越沉默，似乎可以終日不語，而我越年長個性越叛逆，因此我們就成了一對毫無對話的父女。在靜默中，父親看著這個在他晚年才出生的女兒穿上綠制服再走進椰林大道，或許這一點是他唯一能得到的安慰，因爲我似乎沒有忘記他當年爲我買的昂貴鉛筆。

我對父親幾乎是一無所知，今天竟然看到了父親方正大器的字體，在自傳中父親交代了他的生平，特別是他數十年的軍旅生涯。這時我才知道我的曾祖父是清末秀才，也許家族的基因中還有點書卷氣，父親在明智未開的年代仍能在中國邊陲的一省讀到了高中，之後他棄文從軍進了中央陸軍官校，就此他的大半生便過著軍旅生活，早年他曾在白崇禧當過參謀長的桂省綏靖公署任職過，據父親在文中的描述，在抗戰末期桂系軍隊仍士氣旺盛，到了國共內戰時他們卻於十萬大山中面臨彈盡糧絕的困境，在節節敗退中父親隨著部隊撤離了家園，輾轉到了一個他未曾到過的島嶼，而且竟在那裏度過餘生。

我對歷史更是無知，在父親的自傳裡我僅能循著簡略的文字窺看歷史的片段，幸而網路替我填補了一些中間的漏洞，原來在中共建國後的第二天林彪即以十七萬兵力進軍桂省，而桂軍只剩四個師，根據網路文章的描述，這四個師便是「國軍在東北、徐蚌、和平津三大戰役後僅餘的精華」，父親在其中一個師裡擔任上校團長。我又發現在網路上所列舉的桂系將領中，竟有我小時候隨著父親去「大三元」飲茶時所認識的叔叔伯伯。不過這些往事都太陳腐了，它現在只是歷史的一個角落，沒有人會再關心這些將士如何面對生死離散，如何忍痛棄守家園再翻山過海來到這個島，甚至只能黯然的望著海峽終至凋零。

原來父親沉默是有理的，因爲他的黃毛小女兒年幼無知，未曾想要探索他的故事，更遑論去傾聽他的傷痛和鄉愁。在看完父親的自傳後我終於去讀了龍應台的《大江大海》，從裡面我看到了一些令我驚懼的數字，或許我以前在考試時可以正確無誤的寫出這些歷史，可是今天再面對「遼寧戰役國軍不到兩個月死了四十七萬」以及「徐蚌會戰損失五十六萬」這樣的描述時，我已無法想像這些文字的背後究竟埋藏了多少悲慘的故事，這也不過就是六七十年前的事，戰亂的殘酷威脅著無辜的生靈，人命如螻蟻，父親那一輩的人便是從那種煉獄中逃離出來的。但我錯過了，父親不能再對我訴說他所經歷的往事，只留下三千餘字的自傳讓我從旁摸索，歷史與真相如大江大海，只是我們難尋裡面的一支針。

2012/06/22

附錄

說畫

我很喜歡「畫」，此「畫」非動詞，而是掛在牆上的感覺，唸國中時自己畫了一幅水彩，就煞有介事的去裝了框，掛在自己房間裡。成家後每換一次家我就想替新家買一幅畫，我最初擁有的一幅畫是來自年齡與我相差無幾的姪兒，他送了我一幅他唸藝專時的作品。當我換到第二個家時，我買了一幅張萬傳的版畫，我喜歡他帶有野獸派色彩和線條的靜物。爲了潛舍，我在拍賣會上購得一幅抽像水墨畫家秦松的作品《風的留痕》，這幅畫頗有門神的效果。

在四十好幾之時我學了一年餘的油畫，後來中斷了幾年，但就在我覓得潛舍之前數月，我走進住家附近一間畫室，啓動了重新習畫的念頭，到了潛舍完工時，我已利用有限的上課時間慢慢完成了一些作品，所以正好拿來掛在牆上充數，節省了一些布置費用，既是習作，「模仿」就有理了，我仿了Monet的水果靜物、Caillebotte的花叢，到最近完成的Henri Fantin-Latour桌上靜物，芳登拉圖的作品已經是熱鬧有餘了，我還畫蛇添足的加了一塊桌布。

除了模仿，我也有創作，《菊花》是我在一本描寫京都的散文中看到的一幀照片，它的花瓣在收放間似乎包容了我心事，正如該書作者的注釋－那朵花讓他「心上一片寧靜」（見王盛弘《十三座城市》），我完成了我的《菊花》，至今它仍是我最喜愛的一幅。創作的作品裡還有水中的睡蓮和沙漠紅土上的石蓮，後者有一種追隨 O'Keeffe 的嚮往。最近再借花觀照自已，完成了鏡像異構的薔薇。

至於風景，它是複製想像加上旅行經驗的綜合體，不過也是我最弱的一環，畢竟沒有風吹日曬的寫生經驗，我的「風景」看似有點 kitsch（不過請不要把它看作二十年前的外銷風景油畫）。

後記：

我要感謝前後教我油畫的鍾民豐和吳美玲老師，還有家族裡兩位在大學藝術系任教的畫家譚力新和張光琪。

仿 Gustave Caillebotte (1893)《White and Yellow Chrysanthemums, Garden at Petit Gennevilliers》；這幅是他在離世前一年的作品，但生命仍繁花似錦。

在 2014 年初歷史博物館的莫內畫展中，我赫然看到這幅畫的真跡，原來 Caillebotte 把此畫送給莫內，而莫內就一直將它掛在吉維尼花園的房內直到他也離世為止。

仿 Henri Fantin-Latour (1865)《Flowers and Fruit on a Table》；靜物就是簡單的幾何加一些色彩，寫實主義風格給我一種療愈的效果。

仿 Claude Monet (1880)《Fruit Still Life, Pears and Grapes》；印象的靜物和靜物的印象。

菊：靈感來自王盛弘《十三座城市》書中一幀
在京都拍攝的菊花照片，菊瓣的舞動與收斂，
有自信與自在。

雪國；靈感來自陳銘磻《川端康成文學之旅》中一幀越後湯澤的照片，在畫這幅畫時總以為自己乘著火車穿越長長的隧道，乍見一片白茫茫的雪景。我的靈魂便隨著畫筆在雪鄉中旅行了數月。

鏡像異構 (Enantiomers)；靈感來自蔣勳《孤獨六講》一書的封面，不僅孤獨而且孤芳自賞。

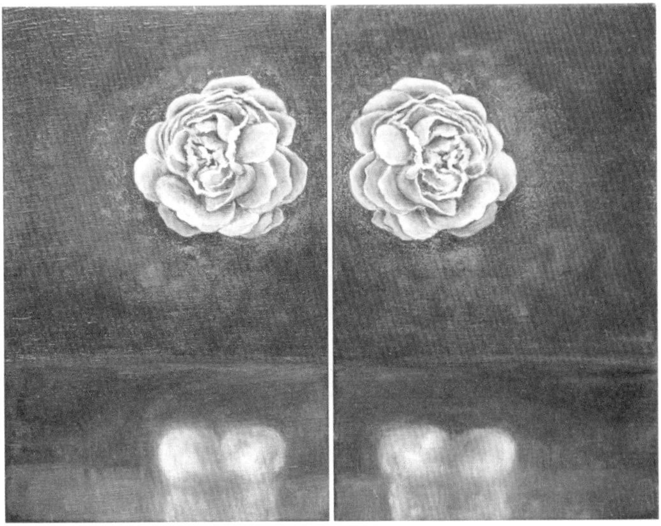

水果靜物；第一次拿起油畫筆已是四十好幾的年齡了，第一幅習作便是這幅靜物，從此就愛上靜物了。

崖頂上的樹：第一幅風景油畫是仿老師的作品，有一點 Edward Hopper 的感覺，蒼涼和寂靜埋藏在炙烈的陽光裡。

孤荷聽雨

竹塢無塵水檻清，
相思迢遞隔重城。
秋陰不散霜飛晚，
留得枯荷聽雨聲。

李商隱
〈宿駱氏亭寄懷崔雍、崔袞〉

因為讀到李商隱的這首詩，讓我替這幅由拼接的靈感畫出的四十號作品取了一個「獨留孤荷聽雨聲」的標題。畫裡也是夜色下有荷有雨的池塘，正好符合詩中的情境，其實在紅樓夢中林黛玉也曾借用了這首詩，只不過她用了「殘荷」代替「枯荷」，想想我的荷不殘不枯，於是改成「獨留孤荷聽雨聲」，也許聽起來太宅甚至太淒涼了，不過能如此瀟灑的獨自在月下聽雨，我的「孤」應不孤。

佛羅倫斯；雖在文藝復興聖地，但阿諾 (Arno) 河上的維琪奧橋 (Ponte Vecchio) 讓我覺得有一點尤特里羅 (Maurice Utrillo) 的格調。

謝

我自認是個很吝於表達感情的人，在別人看起來是沒有溫度甚至有些寡情的人，但我仍知感謝。我要謝父母在五十年前把我生下，謝我二姊在母親晚年對她的照顧，謝我的先生及他的家人能容忍一個嘴不甜手不巧還有一顆怪異的腦袋的外星媳婦。謝我的女兒不得不接受一個把抽油煙機當裝飾品的另類媽媽。在學術的路途上最要感謝的是我的兩位指導教授，不過專業的部份是屬於我雙子座的另一半，不在此書的範圍內。還要謝我很多的朋友願意接納我的 endless glooms，還有替我寫序的芳仁、明月以及題字的張峰碧先生，最後要謝林麗珠小姐多年來忍受我潦草的字跡和一再的修改，誰叫「修改」是我專業的宿命。

現代文學 19

無想

作　　者：譚婉玉
美　　編：諶家玲
封面設計：譚婉玉 / 張峯碧
執行編輯：張加君
出 版 者：博客思出版事業網
發　　行：博客思出版事業網
地　　址：臺北市中正區重慶南路1段121號8樓14
電　　話：(02)2331-1675或(02)2331-1691
傳　　真：(02)2382-6225
E—MAIL：books5w@gmail.com
網路書店：http://bookstv.com.tw/
http://store.pchome.com.tw/yesbooks/
博客來網路書店、博客思網路書店、
華文網路書店、三民書局
總 經 銷：成信文化事業股份有限公司
劃撥戶名：蘭臺出版社　帳號：18995335
香港代理：香港聯合零售有限公司
地　　址：香港新界大蒲汀麗路36號中華商務印刷大樓
C&C Building, #36, Ting Lai Road, Tai Po, New Territories, HK
電　　話：(852)2150-2100　傳真：(852)2356-0735
總 經 銷：廈門外圖集團有限公司
地　　址：廈門市湖裡區悅華路8號4樓
電　　話：86-592-2230177
傳　　真：86-592-5365089
出版日期：2015年1月 初版
定　　價：新臺幣320元整（平裝）
ISBN：978-986-5789-45-9

國家圖書館出版品預行編目資料

無想 / 譚婉玉 著　--初版--
臺北市：博客思出版事業網：2015.1
ISBN：978-986-5789-45-9（平裝）

1.譚婉玉 2.散文
855　　103025253

現代文學 19